REINHARD POHANKA

DAS ALTE WIEN

Freud und Leid in der
k.k. Haupt- und Residenzstadt Wien
auf alten Photographien 1850–1914

Mit einem Vorwort von
Günter Düriegl

Alle Photographien entstammen dem Historischen Museum der Stadt Wien

Sonderausgabe
ISBN 3-85058-028-8

Umschlag: Bruno Wegscheider

INHALT

VORWORT

VON
GÜNTER DÜRIEGL
Direktor der Museen
der Stadt Wien

Als ich 1981 „Wien auf alten Photographien" vorlegte, versuchte ich, hinter dem vordergründig Sichtbaren der historisch technischen Sensation Photographie das verborgene Rationale und Emotionale einer vergangenen Epoche erkennbar zu machen. Die zustimmende Annahme des Buches in der Öffentlichkeit zeigte, daß es gelungen war, dem Medium Photographie tatsächlich mehr abzugewinnen als das bloße Bilddokument einer vergangenen Wirklichkeit. Diesen Weg, das unbestechlich Technische, das jederzeit Objektivierbare der historischen Photographie in einem Buch vorzulegen, um Auskunft zu geben über das Große, das Schöne, das Überwältigende, aber auch über das Hohle, das Leere, das lächerlich Pathetische, das Schreckliche, das Schäbige und das Armselige einer Zeit, verfolgt Reinhard Pohanka, mein Kollege und Mitarbeiter im Historischen Museum der Stadt Wien, bei „Das alte Wien" weiter. Er legt diese Arbeit zu einem Zeitpunkt vor, da man sich – zwischen 1981 und heute – weltweit mehr denn je mit der historischen Photographie auseinandergesetzt hat: Ausgehend von unterschiedlichsten Fragestellungen, aufbereitet in einer Vielzahl von Veröffentlichungen, wissenschaftlichen Untersuchungen und Ausstellungen, erscheint die Bedeutung der Photographie unbestrittener denn je. Ihre Bedeutung ist unbestritten, umstritten wird aber bleiben, wie wahr die Wirklichkeit ist, die man meint, durch die Photographie erfahren zu können. Auch die Photographie – oder gerade erst recht die Photographie –, dieses so technisch hergestellte Abbild, kann sich der seit Platon aktuellen Frage der Vereinbarkeit oder Unvereinbarkeit von Abbild und Wahrheit nicht entziehen. Auch die Photographie hebt den Unterschied zwischen der Wirklichkeit des Abbildes und der Wirklichkeit des Abgebildeten nicht wirklich auf. Die Relevanz dieser Frage wird dann eindringlich, wenn die Photographie Geschichtsquelle sein will, und im vorliegenden Buch will sie es sein. „Das alte Wien" zeigt, wie – im Wissen um diese Frage – kritische wissenschaftliche Arbeit die Photographie als Geschichtsquelle erfolgreich zu deuten versteht.

DAS BILD DER WIENER

Betrachtet man Photographien aus dem Wien der Zeit zwischen 1850 und 1914, so fallen einem mehrere Dinge auf. Wann immer der Photograph in dieser Zeit mit einer Kamera erscheint, werfen sich die Menschen in Pose. Man stellt sich geordnet auf, in einer schönen Reihe, im Halbkreis um dieses seltsame, neue Gerät mit dem schwarzen Vorhang, hinter dem sich der Photograph zu verkriechen pflegt, oder man gruppiert sich im Halbkreis, den Blick starr in die Kamera gerichtet. Verständlich, daß sich die hohen Würdenträger, Bürgermeister, Gemeinderäte von Wien so abbilden lassen, in ihren Gehröcken, Cutaways und hohen Zylindern, aber selbst die Arbeiter verharren ruhig und geduldig während einer Demonstration oder eines Streiks, um mit Ernst und Würde in die Kamera zu blicken.

Dabei war das Medium der Photographie in Wien schon seit langem bekannt. Bereits 1839 hatte der Wiener Physikprofessor Andreas von Ettingshausen die Daguerrotypie nach Wien gebracht, wo dieses Verfahren sehr gut aufgenommen wurde; in der Folge, besonders durch die Verbesserung der Technik und durch eine weitgehende Verbilligung der Erzeugnisse, fanden Photographien in den verschiedensten Techniken bis hinein in die weitesten Kreise der Bevölkerung Verbreitung. 1879 waren in Wien bereits 134 spezialisierte Photographen und photographische Ateliers ansässig, und 1884 fand im Museum für Kunst und Industrie die erste öffentlich zugängliche Ausstellung für das Medium der Photographie statt.

Anfänglich ist es die Atelierphotographie, die uns das Abbild der Menschen überliefert, vor gemalten Hintergründen stehen sie, neben sich liebevoll drapierte Büsten, Sessel oder Vorhänge. Die Photos sind beliebt im kleinen Visitkartenformat, und wer etwas auf sich hält, legt sich große, dicke Alben an mit den Photos seiner Lieben, der Verwandtschaft und oft auch berühmter Zeitgenossen; das Starfoto unserer Tage hat hier seinen Ursprung. Nur wenige Photographen waren damals bereit hinauszugehen, ins Freie, auf die Straße, in die Hinterhöfe der Vorstädte, um die Menschen in ihren intimen und unbeobachteten Augenblicken aufzunehmen, in Momenten, in denen sie am natürlichsten waren, bei ihren täglichen Verrichtungen, der Arbeit oder der Freizeit.

Aber die alten Photographien können auch täuschen. Die Mehrzahl der auf uns gekommenen Photographien zeigt immer wieder die gleichen Szenen. Der Kaiser eröffnet eine Bahnstation, der Kaiser legt einen Grundstein, der Kaiser hier und der Kaiser dort. Oder Begräbnisse. Lange Folgen von Bildern, die jeden einzelnen Teil eines Trauerzuges zeigen. Oder Feste, bei denen sich die Teilnehmer schön geordnet in Gruppen aufstellen, um sich für immer ihre Wohltätigkeit im Bild bestätigen zu lassen. Auch das Innere der feinen Salons wird nun abgebildet, leere Bilder voll von Draperien, geschnörkelten Sesseln und schwülstigen Makartbildern, aber ohne Leben, ohne Bewegung. Kaum daß sich die Szene mit Leben füllt, mit all den Zusehern

am Straßenrand, den Gaffern, den Dienstmädchen, Straßenjungen, böhmischen Ammen oder jüdischen Hausierern.
Aber es hat sie doch gegeben, die Photographen, die in die Vorstädte gingen, die sich anfreundeten mit dem als „gemein“ bezeichneten Volk und die nicht nur ein waches Auge hatten, sondern vielleicht auch die Ahnung, daß es ihre Photographien sein werden, die die Nachwelt braucht, um ihre Welt, die für sie nichts Besonderes war, zu verstehen.
Darum sind uns diese Photographien heute besonders kostbar, sie lassen eine Zeit wiedererstehen, die uns eine Vielzahl von Objekten in Form von Bauten oder Kunstwerken hinterlassen hat, die Menschen aber, die diese Monumente errichtet haben, sind längst vergangen, und alles, was von ihnen blieb, sind verblassende Bilder in Schwarz und Weiß und Braun auf kleinen Photographien. Wir sehen sie in ihrem Leid, die Armen, die Unterdrückten, die Arbeiter bei ihren Demonstrationen und auch die Bürger bei ihrer Freude, bei glanzvollen Umzügen, Eröffnungen und Festen. Betrachten wir deshalb diese Photos als das, was sie heute für uns sind: Zeugnisse einer damals modernen Technik, die den Glanz und das Elend einer alten Welt eingefangen hat, einer Welt, die gut und böse war und im Schrecken des Ersten Weltkrieges für immer verloren gegangen ist.
Was war aber nun dieses Wien für die Wiener, die auf den verblassenden braunen Photographien auftauchen? War Wien noch die gemütliche Metropole an der Donau, verhaftet in ihrem Biedermeierglanz, waren die Wiener immer noch so gemütlich und zufrieden, wie sie in den Volksliedern besungen wurden, oder hat sich das Wien und das Wienertum geändert?
Wann immer man über das Wien der zweiten Hälfte des 19. Jahrhunderts liest, fällt irgendwann der Satz: Wien wäre undenkbar ohne . . ., sehen wir uns also an, welche „Undenkbarkeiten“ Wien von 1850–1914 bestimmten.

WIEN WÄRE UNDENKBAR OHNE . . .

. . . DIE RINGSTRASSE

Das Jahr 1850 bringt für die „k.u.k. Haupt- und Residenzstadt Wien" eine wesentliche Veränderung. In der „Provisorischen Gemeindeordnung" werden die Wien wie einen Kranz umgebenden 34 Vororte eingemeindet. Damit wird die Basis zur räumlichen Ausdehnung Wiens geschaffen. Nur das Militär – eingedenk der Erfahrungen von 1848 – wehrt sich noch gegen die Aufgabe der Glacisgründe zwischen Stadtbefestigung und Lastenstraße, aber bereits 1853 werden die Gründe zwischen Berggasse und Türkenstraße parzelliert und als Baugrund versteigert. Schon 1856 erfolgt die Grundsteinlegung für die Votivkirche. Die endgültige Entscheidung bringt ein Handschreiben Kaiser Franz Josephs vom 20. Dezember 1857, das die Beseitigung der militärischen Befestigungen Wiens befiehlt. Dieses Handschreiben sollte zu einer letzten großen Kunstblüte Wiens führen, in ihren Auswirkungen vielleicht nur mehr vergleichbar mit dem Barock, das Wien dauerhafter als jede andere Kunstepoche bis dahin seinen Stempel aufgedrückt hatte.

Die Wiener Ringstraße ist ein Gesamtkunstwerk im Sinne des Historismus, jener Kunstrichtung, die der Kontinuität von Vergangenheit, Gegenwart und Zukunft in schöpferischer und organischer Synthese Gestalt verleiht. Dazu kamen noch optimale Bedingungen auf allen Sektoren der Kunst und Künstler, welche die Elite des damaligen Kunstschaffens repräsentierten. Auch wenn sich bei den Häusern der Wiener Ringstraße der Innenraum völlig der prunkvollen Fassade unterzuordnen hat – symptomatischerweise spiegelt hier die Ringstraße auch die Zustände der k.u.k Monarchie wieder –, so kommt es doch durch das Zusammenwirken aller Kunstgattungen zu einer Einheit, wobei die Architektur mit ihrer ordnenden Funktion die Grundlage bildet. Die Grundvoraussetzung des Historismus ist die Annahme einer stilistischen Kontinuität und der Tradition; damit provozierte er in Form der Ringstraße jenen Widerspruch, ohne den die Secessionisten, die jede wie immer geartete kontinuierliche Abfolge in der Kunst leugneten, niemals zu ihrer Kunstauffassung gefunden hätten. Ohne die Ringstraße ist der Jugendstil nicht vorstellbar.

Fast alle namhaften nationalen und internationalen Architekten der 2. Hälfte des 19. Jahrhunderts beteiligen sich am Wettbewerb zur Stadterweiterung Wiens; insgesamt 85 Vorschläge liegen bis Mitte 1858 auf dem Tisch der Stadterweiterungskommision, und bereits am 1. September 1859 kann der Kaiser den „endgültigen Entwurf" genehmigen. Er sieht nun drei ringförmige Straßen vor: die eigentliche Ringstraße an Stelle der Stadtbefestigungen mit einem Kranz öffentlicher Bauten am Platz des alten Glacis, an seinem äußeren Rande die Lastenstraße und schließlich den Gürtel an Stelle des Linienwalles. Alle drei „Ringe" sollten durch Radialstraßen miteinander verbunden sein.

In der Ausschreibung ist die Einplanung der öffentlichen Gebäude sowie

„. . . Auf dem Kontinent nur von Paris an Größe und Glanz übertroffen, hat Wien bis zur Weltausstellung von 1873 seine Rolle als vornehmste deutsche Stadt behauptet. Aber schon die Ereignisse von 1866 haben es der politischen Vorortschaft in Deutschland entkleidet und auf die zentrale Stellung innerhalb der Monarchie zurückgedrängt, die überdies infolge der dualistischen Reichsverfassung von 1867 zu einem Teile auf Budapest überging. Trotz der hiemit verbundenen Rückschläge in der Entwicklung bildet Wien als weitaus größte Stadt des Reiches, als ständige Residenz der Dynastie und Sitz der gemeinsamen Verwaltung sowie der Diplomatie, ferner durch die Vereinigung der bedeutendsten industriellen und kapitalistischen Unternehmungen, wie auch der größten wissenschaftlichen und Kunstinstitute den Schwerpunkt nicht nur des österreichischen Staates, sondern auch der Gesamtmonarchie und hat neuerdings wieder einen großen Aufschwung genommen. An Zahl der Bewohner seit 1871 von Berlin überflügelt, ist Wien nächst diesem die größte deutsche Stadt und die dritte des europäischen Festlandes; unter den Millionenstädten der Erde nimmt sie nach London, New York, Paris und Berlin den fünften Rang ein, der ihr allerdings bereits durch Chicago und Tokio streitig gemacht wird . . ."

EUGEN GUGLIA, 1908

„Es soll also auf den Namen der Stadt kein besonderer Wert gelegt werden. Wie alle großen Städte bestand sie aus Unregelmäßigkeit, Wechsel, Vorgleiten, Nichtschritthalten, Zusammenstößen von Dingen und Angelegenheiten, bodenlosen Punkten der Stille dazwischen, aus Bahnen und Ungebahntem, aus einem großen rhythmischen Schlag und der ewigen Verstimmung und Verschiebung aller Rhythmen gegeneinander, und glich im ganzen einer kochenden Blase, die in einem Gefäß ruht, das aus dem dauerhaften Stoff von Häusern, Gesetzen, Verordnungen und geschichtlichen Überlieferungen besteht."

ROBERT MUSIL

das Ausmaß der Gartenanlagen bindend vorgeschrieben, die Wahl der jeweiligen Standorte bleibt den Architekten vorbehalten.
Die geplanten Prachtbauten sollen durch den Verkauf der freigewordenen und nicht für öffentliche Bauten genutzten Gründe finanziert werden, die nun parzelliert und verkauft werden. Diese Grundstücke sichern sich vor allem der Adel und das reiche, liberal eingestellte Bürgertum, die nun hier in ihren verschwenderisch ausgestatteten Palais und Zinshäusern miteinander in Konkurrenz treten, wobei es das Bürgertum sein wird, das in der Ringstraße ein Objekt der Selbstbestätigung sehen und sich in ihr auch schließlich ein Denkmal seiner Selbstglorifizierung setzen wird.
In rascher Folge entstehen nun die Hauptwerke der Ringstraße. 1856 beginnt Heinrich Ferstl den Bau der Votivkirche, als österreichische Ruhmeshalle im Stil der französischen Kathedralengotik, die in Wien als „Zuckerbäkkergotik" bespöttelt wird.
1872–1883 entsteht am Josefstädter Glacis das Rathaus nach einem Plan von Friedrich Schmidt im neugotischen Stil, umgeben vom Rathausviertel, dessen Kern die 77 „Arkadenhäuser" von Franz Neumann d. J. bilden.
Symbolhaft für die Demokratie steht das von Theophil Hansen 1873–1883 im Stil der griechischen Antike erbaute Parlament, in derselben Bauzeit wird auch die von Heinrich Ferstel im Stil der italienischen Renaissance geplante Universität errichtet. Die Schließung dieses Ensembles bringen das Burgtheater, 1874–1888 nach den Plänen von Gottfried Semper und Carl Hasenauer gebaut, und der von Stadtgartendirektor Rudolf Sieböck 1872–83 geschaffene Rathauspark.
Ein zweites großes Ensemble sollte das von Hasenauer und Semper geplante Kaiserforum bilden. Auf den Bau der beiden großen Museen 1872–1881 folgt der Bau der Neuen Burg, die erst 1913 von Ludwig Baumann fertiggestellt wird, wobei die architektonische Entsprechung auf der dem Volksgarten zugewandten Seite des Heldenplatzes den veränderten Zeitumständen und dem Ersten Weltkrieg zum Opfer fällt.
Den Künsten gewidmet werden die Oper, erbaut 1861–1869 von Eduard van der Nüll und August Sicard von Sicardsburg, und die Akademie der bildenden Künste auf dem Schillerplatz, ebenfalls ein Werk Theophil Hansens. August Weber baut 1865–1868 in den Formen der italienischen Renaissance das Künstlerhaus, das von der Handelsakademie und dem Musikvereinsgebäude, erbaut 1867–1869, flankiert wird.
Das letzte große Ensemble bildet der Schwarzenbergplatz mit seinen dominanten Eckbauten.
Die Ringstraße ist im kaiserlichen Wien aber mehr als eine Reihe von Bauwerken. Sie ist der Tummelplatz des eleganten Wien, vor dem Sirk-Eck trifft man Freunde zum Bummel oder geht mit einem Regimentskameraden in eines der vielen neuen Kaffeehäuser entlang der Ringstraße. Man fährt stolz mit der Equipage oder dem Fiaker die dicht bepflanzte Prachtstraße entlang und bewundert die neuen Parkanlagen, die an Stelle des staubigen Glacis entstanden sind. Der Ringstraßenkorso mit seiner Auffahrt schön geschmückter Wagen läßt auch die einfachen Leute einen Blick auf den Luxus der oberen Schichten werfen. Dennoch bleibt die Ringstraße eine imaginäre Grenze, das alte „Drinnen" und „Draußen" funktioniert weiterhin und selbst heute noch. Sagt heute ein Wiener, er geht in die Stadt, so meint er den Bezirk innerhalb der Ringstraße. Die Ringstraße bleibt untrennbar mit der Geschichte der Stadt verbunden, sie ist Prachtstraße, Aufmarschstraße und Platz für Demonstrationen. Wo an einem Tag die elegante Welt verkehrt, demonstriert man am nächsten für das Wahlrecht. Und sie bleibt auch mit dem Schicksal des Kaisers verbunden, sein letzter Weg, von der Hofburg zur Kapuzinergruft, führt – obwohl es kürzere Wege gäbe – natürlich über die Ringstraße.

In Erdberg, am Thuri oder in Lichtenthal,
Wo die Fenster verschmiert war'n mit Lehm einst einmal,
Wo's höchste Gebäude a Klafter nur hoch,
Statt'n Hausthor ist g'west a rund's Loch,
Dort thun s' jetzt so riesige Häuser hinbau'n,
Dö san gleich fünf Stock hoch, a jeder muß schau'n,
Mit a fufz'g Fenster Gassenfront, wahre Palais.
Doch schaut man zu d' Fenster in d' Höh,
Statt daß dorten wohnet a Graf, a Baron,
So arbeit' a Schuster heraust am Balkon.

CARL LORENS

. . . DAS KAFFEEHAUS

Es gibt wohl keine Institution in Wien, die so unverrückbar für das Klischee dieser Stadt steht, wie das Wiener Kaffeehaus. Verbunden mit der Geschichte Wiens seit der zweiten Türkenbelagerung, hat es allen Zeiten und Widrigkeiten getrotzt und stieg im 19. Jahrhundert steil empor, als der eigentliche öffentliche „Salon", in dem der Geist Österreichs seinen „Jour" abhielt.

Hierher kamen sie alle, die großen Geister, die Dichter, die Schwadroneure, die Revolutionäre und die Verliebten, um ihre Zeit zu versitzen, um zu arbeiten oder einfach, um zu leben, denn im Kaffeehaus war man nicht zu Haus' und doch nicht an der frischen Luft, und das Kommen des Frühlings sah man daran, daß im Café Herrenhof die Türen zur Straße geöffnet blieben.

Dabei ist der Begriff des Kaffeehauses gar nicht so einfach zu definieren. Friedrich Torberg hat bewiesen, daß der Satz „Ein Gast sitzt im Kaffeehaus und trinkt Kaffee" für sich in Wien noch gar nichts aussagt, da zu hinterfragen wäre: 1. Wer ist der Gast, 2. In welcher Art von Kaffeehaus sitzt er, und 3. welchen Kaffee trinkt er.

Die Gäste sind einfach zu definieren, mehr oder weniger besucht jeder Wiener irgendwann ein Kaffeehaus, sei es, um in einer der vielen Zeitungen zu blättern – manche Etablissements boten Zeitungen aus ganz Europa an, soviele an der Zahl, daß man „einen ganzen Monat bräuchte, um sie alle zu lesen" –, sei es, um zu tarockieren, Schach oder Billard zu spielen oder einfach um Kaffee zu trinken.

Bekannt geworden sind natürlich die Literaten und Künstler in ihren Kaffeehäusern in Wien – und hier war führend des Café Griensteidl, oder „Café Größenwahn", wie Karl Kraus es zu bezeichnen pflegte. Hier hatte der Literatenkreis „Jung Wien" seinen Sitz, hier verkehrten Hermann Bahr, der verwegene Sucher neuer Sensationen aus Linz, der junge Hofmannsthal, der „seine Manuskripte für den Nachlaß vorzubereiten begann", und Arthur Schnitzler, der „sich in überlauter Umgebung eine ruhige Bescheidenheit des Größenwahns" bewahrte. Sie alle waren Anhänger der „Decadence", ein Modewort jener Zeit, die Karl Kraus zur „Kaffeehausdekadenzmoderne" herabwürdigte. Dem Kaffeehaus hat man viele Bezeichnungen gegeben, man hat es als „platonische Akademie" bezeichnet oder als „Elfenbeinturm", man war ein Freund oder Gegner des Kaffeehauses, auf jeden Fall ging man hin.

Die Kaffeehäuser waren auf Berufsgruppen spezialisiert, saßen im „Griensteidl" die Literaten, so saßen im „Sperl" die Künstler, die Maler, Bildhauer und Architekten, die zum Teil später die Secession und den Hagenbund gründeten. Für sie war das Sperl der richtige Platz, und wer zeichnen wollte, brauchte nur eine bestimmte Lade zu öffnen, in der es Papier, Farben und Pinsel gab.

1897 wurde das Griensteidl demoliert, und die fröhliche Literatengesellschaft übersiedelte ins Café Central, in dem Peter Altenberg die beherrschende Figur wurde. Alfred Polgar hat die Theorie des Cafés Central geschrieben: „Das Café Central liegt unterm wienerischen Breitengrad der Einsamkeit. Seine Bewohner sind größtenteils Leute, deren Menschenfeindschaft so heftig ist wie ihr Verlangen nach Menschen, die allein sein wollen aber dazu Gesellschaft brauchen. Es ist ein rechtes Asyl für Menschen, die ihre Zeit totschlagen müssen, um nicht von ihr totgeschlagen zu werden. Es gibt Schreiber, die nirgendwo anders wie im Central ihr Schreibpensum zu erledigen imstande sind, nur dort, an den Tischen des Müßiggangs, ist ihnen die Tafel der Arbeit gedeckt."

Aber es gab auch Stimmen, die die Kaffeehausgesellschaft ablehnten, die

„Das Wiener Kaffeehaus ist der Club von Jedermann . . . Für Tausende ist das Café Spielhaus, Vergnügungs- und Plauderstätte, für Abertausende Restaurant, Geschäftslokal und wiederum für Unzählige Empfangssalon, wo die Besuche aufwarten und Audienzen erteilt werden.
In neuester Zeit meinten einige erfindungsreiche Mitglieder der bunten Cafésiedergilde einem ganz separaten Bedürfnis nachkommen zu sollen, indem sie für ein spezifisches Publikum eine Extra-Augenweide veranstalteten, ihre Lokalitäten zu ‚Nacht-Cafés' qualifizierten und ‚weibliche Bedienung' bereitstellten. Das mußte für lebhafte Greise, für müde Jünglinge und für unreife Bürschchen, über deren Geldmittel meist die aktuellste Provenienz herrscht, ein mächtiges Reizmittel werden . . ."

FRIEDRICH SCHLÖGL, 1886

„Ich habe vorige Woche das Central verlassen, endgültig verlassen (. . .). Im Café ist niemand ein Mensch, und dort jemanden kennen zu lernen, welch kolossaler Aufwand an Zeit und Kraft (. . .). Im Café gibt es keinen Geist, keine Laune, kein Wissen. Dort regiert einzig Majestät Spleen (. . .). Das Café tötet die Freundschaften und die Feindschaften, ein demoralisierendes Nebeneinanderhocken, eine traurige Kameradschaft im Schwachsinn (. . .). Im Café handelt niemand, aber jeder spricht."

BERTHOLD VIERTEL

„Das Berufsleben, die Arbeit mit ihren vielfachen Nervositäten und Aufregungen, spiegelte sich in jenem Kaffeehaus ab, welches wie kein zweites geeignet schien, das literarische Verkehrszentrum zu präsentieren. Mehr als ein Vorzug hat dem alten Lokale seinen Ehrenplatz in der Literaturgeschichte gesichert."

KARL KRAUS

Du hast Sorgen sei es diese, sei es jene – ins Kaffeehaus!
Sie kann, aus irgendeinem, wenn auch noch so plausiblen Grunde nicht zu dir kommen – ins Kaffeehaus!
Du hast zerrissene Stiefel – Kaffeehaus!
Du hast 400 Kronen Gehalt und gibst 500 aus – Kaffeehaus!
Du bist Beamter und wärest gern Arzt geworden – Kaffeehaus!
Du findest keine, die dir paßt – Kaffeehaus!
Du stehst innerlich vor dem Selbstmord – Kaffeehaus!
Du haßt und verachtest die Menschen und kannst sie dennoch nicht missen – Kaffeehaus!
Man kreditiert dir nirgends mehr – Kaffeehaus!

PETER ALTENBERG

Wo ist dieses Wien?/ nicht die Caféhäuser unheimlich grell modern/ nicht der Donnerbrunnen:/ nein die alte Frau: Gespräch über die Hand/ ein kleiner Kreis, ein paar junge Frauen, ein paar lächerliche Figuren . . .

HUGO VON HOFMANNSTHAL

„Es ging toll her in der letzten Nacht des Café Griensteidl, das der Demolirung zum Opfer fiel. Die treuen Stammgäste feierten den Untergang des Locales mit einem großartigen Leichenschmaus. Der satirische Zahlmarqueur Heinrich, der in dem Medaillon unterhalb des Champagnerbildes zu sehen ist, hatte alle Hände voll zu tun. Nach Mitternacht waren sämmtliche Vorräthe an Speis und Trank vergriffen und es wurden nur noch Ohrfeigen verabreicht. Sonst war die Stimmung famos. Sämmtliche Gäste berauschten sich an dem Gedanken, daß das Café in Jahresfrist wieder auferstehen wird. In welchem Zustand sich unser Zeichner befand, geht aus den unsicheren Strichen hervor, mit denen er die besten Köpfe des Kaffeehauses vergeblich festzuhalten suchte. Es bleibt der Selbsterkenntniß der Stammgäste zu beurtheilen überlassen, wie sie in jener Nacht ausgesehen haben."

ILLUSTRIERTES WIENER EXTRABLATT, 25. JÄNNER 1897

die tödliche Wiener Gemütlichkeit des Kaffeehauses nicht aushielten. Berthold Viertel schreibt dazu: „Ich habe vorige Woche das Central verlassen . . . Im Café ist niemand ein Mensch. Um dort jemanden kennenzulernen, welch kolossaler Aufwand an Zeit und Kraft . . . Im Café gibt es keinen Geist, keine Laune, kein Wissen. Dort regiert einzig Majestät Spleen . . . Das Café tötet die Feindschaften und die Freundschaften, ein demoralisierendes Nebeneinanderhocken, eine traurige Kameradschaft im Schwachsinn . . . Im Café handelt niemand, aber jeder spricht."

Peter Altenberg starb 1918 mit der alten Monarchie, aber das Kaffeehaus war noch nicht am Ende, eine neue Generation von Künstlern und Literaten sollte die alten Traditionen an einer neuen Stätte weiterführen, man übersiedelte ins Café Herrenhof, wo sich Robert Musil, Franz Werfel, Joseph Roth und Hermann Broch aufhielten.

Jedes dieser Kaffeehäuser verfügte über eine eigene unverwechselbare Note, und fast jede Berufsgruppe hatte ihre eigenen Stammhäuser, die Maler saßen im „Museum", die Musiker im „Parsifal" und die Journalisten im „Rebhuhn".

In den Kaffeehäusern wurde diskutiert und bis zu Handgreiflichkeiten gestritten, so ohrfeigte Felix Salten 1896 Karl Kraus im Café Griensteidl, man war böse aufeinander und versöhnte sich wieder, hier wurden Kunststile geboren und andere zu Fall gebracht. Ein Beispiel dafür ist das Café Museum, in dem Adolf Loos 1899 bereits seine antidekorative Position formuliert hatte und das dann den Spitznamen Café Nihilismus erhielt.

Im Café Sperl tagte 1896 der sogenannte „Siebenerklub" mit Josef Hoffmann, Josef Olbrich, Kolo Moser, Friedrich Pilz, Max Kurzweil, Leo Kainradl und Adolf Kapellus, die bald darauf gemeinsam die „Secession" gründeten.

1903 traf der junge Bankier Fritz Wärndorf im Café Heinrichshof Josef Hoffmann und Kolo Moser, mit denen er befreundet war, und aus diesem Gespräch entstand der Gedanke zur Gründung der Wiener Werkstätte. Und Josef Hoffmann hätte sein berühmtes Palais Stoclet in Brüssel niemals gebaut, hätte er Stoclet nicht im Kaffeehaus kennengelernt.

Die berühmtesten Architekten der Jahrhundertwende haben Kaffeehäuser gestaltet, Adolf Loos, der mit der Tochter eines Cafetiers verheiratet war, Josef Olbrich und Josef Hoffmann.

Dabei war die Einrichtung des Kaffeehauses genau solchen Traditionen unterworfen wie seine Besucher. In der Mitte des eigentlichen Kaffeehauses thronte die „Sitzkassierin" in ihrer Sitzkassa, laut Heimito von Doderer „von den Gästen in (einen) Respektsabstand gerückt, weitere Gliedmaßen einer Sitzkassierin sind zwei Messing- oder Nickelpagoden zu beiden Seiten ihres Kopfes, auf diesen Pagoden stehen die kleinen Metallnäpfchen mit den Zuckerportionen, ferner wohlangeordnete Schnapsgläser". Die Tische waren nach Möglichkeit in die Fensternischen gerückt. Es gab meist zwei Säle, einen für die Leute, die gesehen werden wollten, den anderen, wenn man seine Ruhe haben wollte. Eigene Billardzimmer, Schach- und Tarockräume, meist mit einem günstigeren Oberlicht versehen, vervollständigten die Einrichtung.

Das Kaffeehaus war Heimat für Generationen junger Künstler, altgedienter Journalisten und wilder Revolutionäre, und selbst solche Persönlichkeiten wie Leo Trotzki waren in Wien nur bekannt als „der Herr Bronstein vom Café Central".

Interessanterweise ist das Kaffeehaus in all seinen Ausformungen bis heute geblieben, es hat alle Kriege, Revolutionen und Umstürze überlebt. Noch immer trinkt man seinen kleinen Braunen, den Einspänner, die Melange, in bestimmten Kaffeehäusern kann man noch immer die Schale Gold oder den Kapuziner bekommen oder eine der vielen anderen Sorten Kaffee, die

es nur in Wien gibt und bei denen sich eigentlich nur die Kellner der Kaffeehäuser wirklich auskennen.
„Kaffeehaus ist überall" hat Friedrich Torberg einmal gesagt, aber die Cafés Central, Griensteidl, Dobner, Eckel, Herrenhof, so gleich und jedes dennoch so unverwechselbar in seiner Art und in seinen Besuchern, die gab es nur in Wien.

... DIE WELTAUSSTELLUNG

Als man 1870 daranging, für Wien eine Weltausstellung zu planen – man beachte die kurze Vorbereitungszeit von knapp drei Jahren –, war es allen Wienern und besonders den Politikern klar, daß dieses Ereignis alle vier vorausgegangenen Weltausstellungen in London und Paris zu übertreffen habe. Wien sollte sich als europäische Metropole von höchstem Rang präsentieren, und zugleich sollte die Ausstellung eine gewaltige Leistungsschau der Wirtschaftskraft der österreichisch-ungarischen Monarchie darstellen.
Besonderes Interesse an der Weltausstellung hatte das liberale Großbürgertum, weil es in ihr die beste Gelegenheit zu dokumentieren sah, was Verfassungsstaat und liberale Wirtschaftspolitik zu leisten imstande sind. Auch die Wiener, allen voran Bürgermeister Cajetan Felder, begrüßten die Weltausstellung, erwartete man sich doch an die 10 Millionen Besucher und sah darin eine gute Gelegenheit zur weiteren Entwicklung der Stadt. Allerdings hatte der Magistrat auch an die Versorgung der Gäste zu denken, und dies sollte der Stadt solche Lasten aufbürden, daß unter dem Strich nicht viel überblieb.
Als Weltausstellungsgelände hatte man einen Teil des Praters vorgesehen, und zwar den Teil zwischen dem Volksprater, wie der Wurtstelprater nun vornehm bezeichnet wurde, und dem Lusthaus. Das knapp ein Kilometer lange Ausstellungsgelände mit seinen 2.230.631 m^2 Fläche, von denen 116.341 m^2 als Ausstellungsfläche genutzt wurden, sollte in einem Pavillonsystem aufgegliedert werden, das einen Zentralbau umgibt. Dieser Zentralbau sollte alle technischen Konstruktionen des 19. Jahrhunderts übertreffen, und so entwarf der Architekt Carl Hasenauer die Rotunde, einen zentralen Monumentalbau mit 84 m Höhe und einer Spannweite von 180 m, das größte Glas-Eisen-Gebäude, das je gebaut wurde. An die Rotunde schlossen zu beiden Seiten gewaltige Industriehallen an, in denen die Produkte der Nationen präsentiert wurden. Zahlreiche Gebäude der Nationen, Restaurants, Kaffeehäuser, ein eigener Bahnhof und sogar eine Kaserne gehörten zu diesem gewaltigen Areal.
Am 1. Mai 1873 ist nun der große Tag, die glanzvolle Eröffnung. Es ist kalt und regnerisch, aber bereits ab 9 Uhr früh stauen sich die Menschen vor den Toren und warten geduldig, bis um 12 Uhr Mittag der Kaiser mit seinen ausländischen Ehrengästen eintrifft, um die Weltausstellung offiziell zu eröffnen. Und sie bekommen etwas zu sehen. Die gesamte Schau ist in 26 Gruppen zu 174 Sektionen gegliedert, allein in 5 Gruppen werden künstlerische Erzeugnisse ausgestellt, eine Betonung der Kunst und des Kunsthandwerkes, wie es sie bei keiner der vorausgegangenen Weltausstellungen gegeben hat.
44 Nationen beteiligen sich, den Großteil der fast 60.000 Exponate stellen aber naturgemäß die Österreicher und Deutschen, von den 53.000 Ausstellern stammen allein 13.000 aus Zisleithanien und 6900 aus dem Deutschen Reich. Ungarn tritt als eigenes Land bei der Weltausstellung auf, ein Um-

„Nirgends lebt man so frei wie hier; will man Einladungen annehmen, so ist es gut, lehnt man sie ab, so wird es nicht übel genommen. Mit Kartenspiel bin ich bei Gesellschaften in Wien noch nie in Verlegenheit geraten. Es gibt hier auch Wirtshäuser genug, dazu kein Lagunenfieber, keine Bora, keinen Scirocco, keine Haifische, keine Irredentisten. Dagegen gibt es in Wien mehr schöne Frauen als anderswo, selbst in Venedig und Kopenhagen. Dann Musik und Theater in Vollkommenheit. Mitte April werden die Bäume grün und weit in den Oktober hinein sitzt man im Freien zu Nußdorf beim jungen Wein. Unser Hochquellwasser ist so gut wie das in Rom. Aber nicht alle Vorzüge kann ich aufzählen und versuchte ich es, so bliebe schließlich noch in Wien ein Etwas, das nicht leicht zu ergründen ist, das jedoch unwiderstehlich anzieht und festhält. Diese Andeutung erscheint als nicht recht klar; hoffentlich liegt in ihr die einzige Undeutlichkeit dieser Auseinandersetzung. Die größten Gelehrten wissen ja auch die Liebe nicht gründlich zu deuten, die wir für Frauen empfinden. Wie soll man da den geheimen Reiz einer Stadt erklären?"

JOHANNES ZIEGLER

„Und als die Theuerung geschwunden, das Preisverhältniß gemäßigt, der Eintritt erleichtert, das vielfache Vorurtheil schwer und endlich doch überwunden war – da kam die unheimliche Seuche, die so gering die Zahl der Opfer, welche sie Wien abgefordert, die Besucher ferne hielt. So wuchs das Deficit riesengroß an. Und all dies wäre nicht im Stande gewesen, den Glanz dieser großartigsten aller Weltausstellungen zu mindern, wäre nicht acht Tage nach ihrem Beginne jene furchtbare Finanz-Katastrophe hereingebrochen, welche heute beim Schlusse der Weltausstellung in ihren entsetzlichen Wirkungen nicht nur nicht überwunden ist, sondern eben noch weitere verderbliche Kreise zog."

NEUE FREIE PRESSE,
1. November 1873

„Seitdem ich diese Stadt des Lärmes und der Bewegung verlassen habe, wo die Wagen dahinfliegen, wo das Pflaster davon widerhallt, wo sich auf den Straßen eine lachende, vergnügte Welt in Haufen bewegt, und wo die Frauen nicht mehr die Deutschen aus Berlin sind, sondern gemischten Blutes, eine Kreuzung aus Ungarinnen, aus Kroatinnen, aus Böhminnen und Russinnen, mit niederen Stirnen, aber verliebten Augen, und die, vom Ladenmädchen angefangen bis hinauf zur Kaiserin, Bilder der Lust sind . . . seitdem erscheint mir Paris grau und verdrießlich, erscheinen mir seine Frauen ausdruckslos und die Räder seiner Wagen, als hätten sie Filzsokken an."

EDMOND UND JULES GONCOURT

stand, den die Tschechen und Slawen zutiefst übelnehmen. Auch Frankreich ist stark vertreten, enttäuschend ist die Teilnahme Großbritanniens und der USA. Zahlreiche Exoten haben sich eigene Pavillons eingerichtet, es gibt ein persisches Haus, japanische Tempel und russische Holzhäuser zu besichtigen.

33 ausländische Herrscher sollten die Weltausstellung bis zum 2. November besichtigen, und Kaiser Franz Joseph war allein 48mal am Weltausstellungsgelände, also fast jeden vierten Tag.

Der 2. November war dann auch der Tag der großen Abrechnung, und es war kein sehr glücklicher Tag. 6 Millionen Gulden wollte man ursprünglich ausgeben, über 19 Millionen waren es tatsächlich, statt der 10 Millionen Besucher waren nur etwas über 7 Millionen gekommen, und die Einnahmen waren mit 4.256.349 Gulden weit hinter den Erwartungen zurückgeblieben. Schuld konnte man vor allem zwei Umständen zuweisen, der Choleraepidemie und dem Börsenkrach. Am 3. Juli, also mitten in der schönsten Saison, waren im Hotel Donau in der Nordbahnstraße die ersten Cholerafälle aufgetreten, und das hatte zum fluchtartigen Auszug der 400 Gäste des Hauses geführt. Die Kunde vom neuerlichen Auftreten dieser damals in Wien in regelmäßigen Abständen wiederkehrenden epidemischen Krankheit verbreitete sich wie ein Lauffeuer in der Stadt, und zahlreiche ausländische Besucher packten ihre Koffer oder kehrten schon an den Stadtgrenzen um. Obwohl die Stadtverwaltung alles mögliche unternahm, um der Seuche Herr zu werden, kostete sie doch 2983 Opfer und leistete für die Weltausstellung „Totengräberdienste", wie Bürgermeister Cajetan Felder seufzend feststellen mußte. Dabei war Wien noch gut davongekommen, die Choleraepidemie breitete sich in der Folge über das flache Land nach Ungarn hin aus und forderte hier fast eine halbe Million Opfer.

Der zweite „Totengräber" war der große Börsenkrach, der „Schwarze Freitag", der 9. Mai 1873. Dabei war der Zusammenbruch der Wiener Börse vorauszusehen gewesen, zu rasch und zu schnell war die Konjunktur nach dem Krieg von 1866 und dem Ausgleich von 1867 ausgebrochen, man stürzte sich in einen Gründer- und Bauboom sondergleichen, jeder wollte mitmachen und mitverdienen, die Spargelder einer Generation wurden in Banken und Versicherungsgesellschaften gesteckt, ohne zu überlegen, daß die Werte überbezahlt waren und bald für das viele Geld überhaupt zu wenig Werte am Markt waren. Als das Bankhaus J. B. Placht in Konkurs ging, standen Aktiva im Wert von 9000 Gulden einem Schuldenstand von 2.760.000 Gulden gegenüber. Im April 1873 deutete sich die Katastrophe schon an, als die Creditanstalt Kredite in Höhe von 20 Millionen Gulden fällig stellte, aber alle setzten ihre Hoffnungen noch einmal auf die Weltausstellung, die nun über die Besucher den großen Profit herbeischaffen sollte. Als aber schon in den ersten Tagen der Besucherstrom zu wünschen ließ, begannen die Kurse zu purzeln. Am 8. Mai wurden 110 und am 9. Mai, dem eigentlichen „Schwarzen Freitag", 120 Insolvenzen gemeldet. Am Ende des Jahres waren dann acht Banken, zwei Versicherungsgesellschaften, eine Eisenbahngesellschaft und acht große Industrieunternehmen in Konkurs. 40 Banken, sechs Versicherungen, eine Eisenbahngesellschaft und 52 Industrieaktiengesellschaften wurden liquidiert. Hinter diesen Zahlen aber stehen andere Fakten, nämlich Leid, Elend und Arbeitslosigkeit.

In der Zeit nach dem Börsenkrach sinken die Einkommen, es sinkt die Kaufkraft, Arbeitsplätze gehen verloren. Die Staatseisenbahnen, die 1873 noch 1338 Beschäftigte hatten, reduzieren sich bis 1874 auf 420 Beschäftigte, die Maschinenfabrik Georg Sigl baut von 1436 auf 930 Arbeiter ab und so fort. Das einzige, was nicht sinkt, sind die Preise, aber wer kann sich die Annehmlichkeiten von früher noch leisten? Sogar die Gemeinde Wien muß einen Wechsel in Höhe von 9 Millionen Gulden unterzeichnen, um die

Gehälter ihrer Beamten bezahlen zu können, wahrhaft ein „zweites Königgrätz", wie es der Wiener Journalist Ferdinand Kürnberger bezeichnet hat. Das Vertrauen in das freie Unternehmertum war gebrochen, die Angst vor der Spekulation beginnt, und man zieht das Kapital von der Börse ab und legt es in sicheren Papieren an; die „Rentenmentalität" beginnt. Die Liberalen haben in Wien verspielt und werden bald von den Konservativen und der Christlichsozialen Partei unter Karl Lueger abgelöst.

. . . DAS SOZIALE ELEND

Am 1. Dezember 1888 erschien in der von Victor Adler gegründeten und von ihm herausgegebenen sozialdemokratischen Zeitung „Gleichheit" ein Artikel, der weite Kreise der Bevölkerung – und hier nicht nur einfache Arbeiter und aufrechte Sozialdemokraten, sondern auch Reichsratsabgeordnete – bewegte. Was war geschehen?
Victor Adler hatte von den menschenunwürdigen Lebens- und Arbeitsverhältnissen der „Ziegelböhm'" vom Wienerberg erfahren und hatte begonnen, vor Ort zu recherchieren. Er schlich sich in die Wienerberger Ziegelwerke ein und sammelte Material, das er wenige Tage später veröffentlichte. Er berichtete vom „Trucksystem", der Blechwirtschaft, bei der die Gesellschaft die Arbeiter nicht in „gutem Geld" bezahlte, sondern in wertlosen Blechmarken. Mit diesen Blechmarken konnte man nur wieder in den Wirtshäusern oder in den Geschäften der Gesellschaft einkaufen, wo die Preise stark überhöht waren und die Wirte und Kaufleute dafür sorgten, daß die Arbeiter aus ihren Schulden nicht herauskamen. Er besichtigte auch die Wohnquartiere der Arbeiter und fand hier das größte Elend in einzelnen Zimmern in „Arbeiterhäusern", in denen mehrere Familien hausten, während die Gesellschaft noch einen Gewinn an Wohnungsmiete einstrich.
Wollte ein Arbeiter aus diesem System ausbrechen, sich gar beschweren, so wurde er von den Partieführern oder Wirten mit dem Ochsenziemer mißhandelt, und paßte ihm der Fraß nicht, der ihm vorgesetzt wurde, so bekam er vom Wirt noch zu hören „Und wenn ich euch in die Schüssel sch . . ., so müßt ihr 's fressen!"
Adler berichtete aber auch über die „Ringöfen" am Wienerberg, aufgelassene Ziegelbrennöfen, die den Obdachlosen als Unterkunft dienten, aus denen sie aber immer wieder von der Polizei vertrieben wurden.
Die Obrigkeit reagierte sofort auf diesen Artikel, allerdings nicht so wie Adler es sich vorgestellt hatte: Man suchte die „Informanten" und jagte sie davon. Und als einige Arbeiter versuchten, die Annahme des Blechs zu verweigern, warf man sie ohne Kündigung hinaus. Arbeiter, die die „Gleichheit" verteilt hatten, wurden wegen Vergehens gegen das Preßgesetz verhaftet und in das Bezirksgericht eingeliefert.
Aber Adler ließ nicht locker. In einem zweiten Artikel prangerte er die Reaktion der Behörden auf seinen Bericht an, so daß nun auch ein Gewerbeinspektor erschien, um sich die Zustände anzusehen und die Blechwirtschaft abzustellen. Auch der Reichstag wurde aufmerksam, und der vielleicht größte Erfolg Adlers war, daß die Reichstagsabgeordneten Pernerstorfer und Kronawetter am 18. Dezember 1888 eine Anfrage an den Handelsminister wegen der Zustände auf dem Wienerberg einbrachten.
Der Gewinn der Wienerberger Aktionäre, der pro Jahr 11,7 Prozent betrug, wurde deshalb sicher nicht geringer, aber die Arbeiter hatten zum ersten Mal für ihre Rechte gekämpft und sich auch durchgesetzt.
Aber der Friede in Wien währte nicht lange, schon im April 1889 kam es

„Die Wienerberger Ziegel-Fabriks- und Baugesellschaft zahlt ihren Aktionären recht fette Dividenden. Ihre Aktien, die mit 120 Gulden eingezahlt sind, haben im letzten Jahre nicht weniger als 14 Gulden, das sind 11,7 Prozent getragen. Bei 35.000 Aktien macht das die hübsche Summe von 490.000 Gulden, welche an in's Verdienen gebracht wurde. Der Reingewinn kommt bekanntlich durch das ‚harmonische Zusammenwirken von Kapital und Arbeit' zu Stande. Die Thätigkeit des Kapitals haben wir geschildert, es hat sich die Mühe genommen, die Koupons abzuschneiden und für diese schwere Arbeit je 14 Gulden einzukassieren. So ist das Kapital doch ‚Entbehrungslohn'; gewiß, das Kapital bildet sich aus jenem Lohn, welchen die Arbeiter entbehren! . . .

zur nächsten großen Auseinandersetzung Kapital–Arbeiterschaft. Es ging um die Frage der Arbeitsverhältnisse der sogenannten „Weißen Sklaven“, der Bediensteten der Wiener Tramwaygesellschaft. Die Gesellschaft befand sich in ärgstem Konkurrenzkampf mit der Neuen Wiener Tramwaygesellschaft und verlangte deshalb von ihren Mitarbeitern fast Unmögliches. Die Kutscher mußten die Fahrpläne auf die Minute einhalten – in einer Großstadt ein fast unmögliches Verlangen, sie mußten Beschädigungen an den Waggons selbst bezahlen, und wenn einer aufmuckte, gab es Straftouren. Im April 1889 verschärfte die Direktion noch die Bestimmungen, die Kutscher mußten nun nicht mehr allein die Fahrzeit von Endstelle zu Endstelle, sondern auch die Fahrzeiten zwischen den Stationen genauestens einhalten, wobei sie von Kontrolloren überwacht wurden. In der ersten Woche nach der Einführung hatten dann 22 Kutscher insgesamt 43 Straftouren zu fahren, und zwar an ihrem einzigen arbeitsfreien Tag. Nun reichte es den Tramwaybediensteten, sie traten in den Streik. Das traf Wien überaus empfindlich, denn bereits damals waren Zehntausende Wiener Pendler von den Vororten außerhalb des Gürtels täglich in die Stadt unterwegs. Die Gesellschaft gab zuerst nach, strich die Straftouren und die Schadenersatzregelung, als aber die Arbeiter die Herabsetzung des 14-Stunden-Tages auf einen 12-Stunden-Tag verlangten und dabei zu Mittag sogar eine Stunde Pause forderten, rief die Gesellschaft nach der Polizei, die die Streikversammlungen mit Gewalt auseinandertrieb.

Kaufen also können und dürfen die Arbeiter nicht auswärts. Aber zu betteln ist ihnen erlaubt. Da laufen sie zur Konservenfabrik in Inzersdorf, welche gegen Abend von den armen Teufeln umlagert ist, und wo sie um ‚Gollaschsaft‘, eine unappetitliche Brühe, bitten gehen. Und kann sich einer frei machen, so läuft er anderthalb Stunden weit nach Neudorf zum Scharfrichter von Wien, Herrn von Seyfried, der, wie wir hören, täglich 80 Portionen Suppe und Gemüse, nebst einigen Brocken Fleisch austheilt. Beim Henker ist mehr Mitleid als bei der Aktien-Gesellschaft und den von ihr besoldeten Antreibern . . .

Die Bevölkerung war zunächst auf seiten der Gesellschaft, aber innerhalb kurzer Zeit gelang es dem Nußdorfer Pfarrer Eichhorn und Victor Adler, die wahren Hintergründe aufzuzeigen. Der Zorn richtete sich nun gegen die Familie Reitzes, die Besitzer der Tramwaygesellschaft. Besonders erbitterte das Volk, daß der Staat nun Dragoner und Husaren einsetzte, um Streikbrecher zu schützen, und man begann die Soldaten mit Steinwürfen zu empfangen, worauf diese mit regelrechten Kavallerieattacken antworteten. Am Ende wurde jeder „Kutscher“ von vier Wachleuten beschützt, und neben jedem Tramwayzug ritten Soldaten. Die streikenden Kutscher wurden verhaftet und vor die Wahl gestellt, „zu gehen oder zu fahren“.

Die Stadtverwaltung konnte diesem Kampf nicht lange zusehen. Sie verhängte über die Tramwaygesellschaft eine Buße von 50.000 Gulden und 10.000 für jeden weiteren Tag, den die Bahnen nicht fahren würden, drohte mit der Kündigung der Konzession und gab der Gesellschaft den Auftrag, sich mit den Bediensteten zu einigen, egal wie.

Die Arbeiter hatten einen zweiten Sieg errungen; aber der, der ihn möglich gemacht hatte, konnte nicht mitfeiern. Victor Adler wurde wegen der Rolle, die er beim Streik gespielt hatte, für vier Monate eingesperrt, wegen „Schmähung und Verspottung der Behörden und der Armee“. Die „Gleichheit“ wurde verboten, aber kurze Zeit darauf von Adler durch die „Arbeiter-Zeitung“ ersetzt.

Victor Adler saß zwar im Gefängnis, aber dort saß er wenigstens warm, vielen von denen, für die er kämpfte, ging es nicht so gut. Zwar gab es in Wien gerade einen Bauboom sondergleichen, zwischen 1890 und 1893 wurden allein 20.000 Wohnungen in 2300 Häusern gebaut, aber drei Viertel davon waren Bassenahäuser mit dem unhygienischen und im wahrsten Sinne des Wortes „berüchtigten“ Gangklo. Kein Wunder, daß die Volkskrankheit die Tuberkulose war, zugleich die häufigste Todesursache in Wien; besonders trat sie in den feuchten Parterrewohnungen neuer Häuser auf, die erst einmal „trockengewohnt“ werden mußten.

1900 betrug der Durchschnittsverdienst eines Arbeiters 23 Kronen und 23 Heller, davon wurden für Wohnung und Nahrung 19 Kronen 75 Heller ausgegeben, man kann sich also ausrechnen, welch kümmerlicher Rest für alle übrigen Bedürfnisse blieb.

15 Prozent der Arbeiter hatten überhaupt keine eigene Wohnung und schlugen sich als Untermieter oder Bettgeher durchs Leben. Das Umziehen wurde zur großen Spezialität der Wiener, man zog ein, blieb den Zins schuldig, so lange es ging, und zog dann wieder um, wobei das Spiel von neuem begann. Von wo hätte man auch die horrenden Mieten hernehmen können, kostete doch die Miete in einem Vorstadt-Bassenahaus pro Quadratmeter mehr als im noblen Ringstraßenpalais, je größer die Wohnung war, um so niedriger war nämlich der Quadratmeterpreis. 1893 gab es 101.740 gerichtliche Kündigungen, jede einzelne eine Tragödie für sich.
Aber es gibt auch andere Facetten der Not. Viele Mädchen aus den Provinzen drängen nach Wien, wo sie sich als Dienstmädchen verdingen und einem strengen Dienstbotenrecht unterworfen sind. 16stündiger Arbeitstag, schlechteste Bezahlung und faktische Unmündigkeit sind ihr Los, und wenn sie einmal an einem ihrer seltenen freien Tage ausgehen, so fällt so ein junges Geschöpf oft nur zu leicht auf die süßen Versprechungen eines Wiener „Pülchers" herein, der dem Mädchen ein Himmelreich auf Erden verspricht und es dann mit einem Kind sitzen läßt. Drei Viertel aller straffällig gewordenen Dienstboten werden wegen Kindesmords oder Kindesweglegung verurteilt, 80 Prozent aller Kindermorde oder Kindesweglegungen werden von Dienstmädchen begangen. Kommen sie dann nach Jahren aus dem Zuchthaus, bleibt vielen nur mehr der Weg in die Prostitution, wobei die Hälfte aller Prostituierten in Wien mit der Syphillis infiziert ist.
Auch die Zunahme der Kriminalität ist ein Zeichen für die Verelendung der Massen. Zwischen 1874 und 1888 steigen die strafrechtlichen Verurteilungen in der Monarchie von 366.333 auf 574.252, 63 Prozent davon sind Eigentumsdelikte, ein Teil davon begangen von Jugendlichen und Frauen. Zwischen 1884 und 1888 wird eine halbe Million Menschen wegen „Vagabondage" – einer Umschreibung des Wortes Obdachlosigkeit – verurteilt, man schlägt also die Opfer des Systems und nicht die Verursacher.
Und noch ein Indiz gibt es für die sich stetig verschlechternden Lebensverhältnisse: von 1871 bis 1882 sinkt die Tauglichkeitsrate junger Burschen bei der Musterung von 222 auf 130 von Tausend, und das gibt nun auch der Obrigkeit zu denken. Und langsam, aber sehr langsam, beginnt man, über notwendige Reformen im Staat nachzudenken.

Aber diese Schlafstätten, so schändlich und schändend sie sind, sie sind noch ein vielbeneideter Umstand für die armen Obdachlosen. Ein Schandmal unserer Zeit ist es, das wahre Kainszeichen der brüdermordenden Gesellschaft, daß es Menschen gibt, für die die ‚Ringe' am Wienerberg ein Zufluchtsort sind, aus dem sie gewaltsam vertrieben werden müssen. Da kommt die Streifung! Gendarmen, die Partieführer, Wächter mit Stöcken und Hunden kommen ‚revidiren'. Weh dem Unglücklichen, der dies Obdach benützt hat, ohne durch Frohndienst für die Gesellschaft dafür bezahlt zu haben. Dreimal wehe dem Arbeiter, der entlassen wurde und sich noch dort findet. Unter grausamen Prügeln, Peitschenhieben und Beschimpfungen werden sie hinausgetrieben."

„GLEICHHEIT", 1. DEZEMBER 1888

... BÜRGERMEISTER LUEGER

„Erbaut unter Bürgermeister Dr. Karl Lueger", steht auf den Bronzetafeln, die eine ganze Reihe öffentlicher und privater Bauten in Wien zieren, selbst auf solchen, die schon vor der Zeit des Dr. Karl Lueger, k.u.k. Hof- und Gerichtsadvokat, Gemeinderat, niederösterreichischer Landtagsabgeordneter und Bürgermeister von Wien, entstanden sind, ein Markenzeichen also, dieses „Lueger-Prädikat". Und tatsächlich hat der „schöne Karl", wie ihn seine weiblichen Anhänger zu apostrophieren pflegten, dieser Stadt seinen Stempel aufgedrückt, sei es in Form der Bronzetafeln oder viel massiver noch in der Form der von ihm initiierten Bauten und kommunalen Gesellschaften.
Geboren wurde Lueger 1844 auf der Landstraße, wo seine Mutter in der Marokkanergasse einen Tabakverschleiß betrieb. Erzogen im vornehmen Theresianum, trat er bald nach dem Studium dem „Landstraßer Bürgerklub" bei und kam 1875 als liberaler Abgeordneter in den Gemeinderat. Die Liberalen waren in sich nicht geschlossen und in mehrere Fraktionen gespalten, und Lueger begann bald als Kritiker der „Mittelpartei", der Gruppe um den

„Wien. Und in dieser Stadt ein einziges Haupt: Lueger, der Bürgermeister. Er nahm die Straßenbahnen, die Gaswerke, das elektrische Licht, die Leichenbestattung, die Spitäler. Wasser und Feuer, Leben und Tod gehört der Stadt."

FELIX SALTEN

„Eure Exzellenz haben recht, wenn Sie den derzeitigen Zustand des Verkehrswesens unserer Stadt für einen ungenügenden halten. In der gleichen Erkenntnis hat ja auch die Stadt Wien ihre Zustimmung zu den schmerzvollen Opfern gegeben, welche ihr der Bau der sogenannten Verkehrslagen auferlegt. Aber selbst wenn diese ausgebaut sein werden, wird dem lokalen Bedürfnisse nicht zur Gänze Rechnung getragen . . . Jahrelang habe ich den Kampf gegen eine Gesellschaft geführt, welche in monopolistischer Weise das öffentliche Verkehrsbedürfnis ausbeutete und sich zu einem förmlichen Staat im Staate ausbildete; ich bin leider unterlegen. Der Vertrag ist ein förmlicher Wall um die Zwingburg . . . Wenn ich hoffe, diesen Wall bezwingen zu können, so beruht diese Hoffnung darauf, daß sich endlich die Überzeugung Bahn brechen wird, daß die öffentlichen Gewalten nicht zu dem Zwecke vorhanden sind, sich gegenseitig zu befehden, sondern um in einmütigem Zusammenwirken den berechtigten Forderungen des Volkes zum Siege zu verhelfen. Die elektrische Kraft wird uns hier zum Siege verhelfen, und ich rechne auf die Unterstützung Eurer Exzellenz und aller staatlichen Behörden in dieser für Wien hochwichtigen Frage."

KARL LUEGER

„Die Armenversorgung bedarf einer Reorganisation, aber nicht etwa im Sinne einer sklavischen Nachäffung auswärtiger Einrichtungen, sondern in dem Sinne, daß auch der wahrhaft Arme als Mensch behandelt werde, daß erkannt werde, daß Bettelbeträge, die man als Pfründen gibt, den Bettel nicht hindern, sondern fördern; es muß dafür gesorgt werden, daß dem unverschämten, arbeitsfähigen Bettler die Spekulation auf den Wohltätigkeitssinn verhindert wird.
Die Entlohnung der im Dienste der Stadt stehenden Arbeiter ist keine genügende und sollte erhöht werden. Die Beamtenkörper der Stadt bedürfen einer neuen Regelung. Die Zahl der höheren Stellen muß in ein entsprechendes Verhältnis zu der unteren gebracht werden, damit der Beamte nicht trostlos in die Zukunft blicke. Mit der sogenannten Praktikanten- und Diurnistenwirtschaft muß gebrochen werden."

KARL LUEGER

regierenden Bürgermeister Cajetan Felder, Aufsehen zu erregen; als Felder 1878 abtrat, war das nicht zuletzt auf das Betreiben Luegers zurückzuführen. Aber auch Lueger wandelte sich, von den „Demokraten" ging er zu den „Antisemiten" über, die sich der Vertretung der Kleingewerbler und Handwerker gegen den, ihrer Meinung nach, jüdisch dominierten Hochkapitalismus und Liberalismus verschrieben hatten, wobei er auch sozialreformerisches Gedankengut aufgriff.

1885 wurde Lueger in den Reichsrat gewählt und übernahm dort die Führung des Christlichsozialen Vereins, aus dem später die Christlichsoziale Partei hervorgehen sollte; sie baute Lueger zur Massenpartei des bürgerlichen Lagers aus. 1890 wurde er auch niederösterreichischer Landtagsabgeordneter, und vertrat gemeinsam mit den Sozialdemokraten die Änderung des bestehenden Kurienwahlrechtes, weil er seine Hauptanhängerschaft unter den kleinen Gewerbetreibenden und Handwerkern hatte, den sogenannten „Fünfguldenmännern", also jenen, die mindestens fünf Gulden Steuern im Jahr zahlten. Auch sein wirtschaftlich begründeter wilder Antisemitismus ist in diesem Zusammenhang zu sehen.

Im April 1895 war es soweit. Die Christlichsozialen siegten bei den Gemeinderatswahlen, und Lueger wurde Vizebürgermeister; bald darauf wurde er, durch den Rücktritt des liberalen Bürgermeisters Raimund Grübl, zum Bürgermeister gewählt. Jetzt aber wandte sich sein Antisemitismus gegen ihn, denn Kaiser Franz Joseph verweigerte ihm die Bestätigung als Bürgermeister, obwohl sich Lueger selbst als „schwarz-gelb bis in die Knochen" bezeichnete. Der Gemeinderat wählte daraufhin Lueger nochmals zum Bürgermeister und nahm lieber seine Auflösung und Neuwahlen in Kauf, als von seiner Position abzugehen. Bei den darauffolgenden Wahlen errangen die Christlichsozialen die Zweidrittelmehrheit im Rathaus und – wählten Lueger neuerdings zum Bürgermeister. Nun mußte sich auch der Kaiser bequemen, Lueger anzuerkennen, aber nach alter österreichischer Sitte nicht sofort und unter Wahrung des Scheins. Lueger mußte zur Audienz beim Kaiser antreten und erlangte „dermalen" die Bestätigung noch nicht, es wurde pro Forma eine Übergangsregierung eingesetzt, die ein Wiener Witzwort als „Dermalium" bezeichnete. Dann trat der Bürgermeister Josef Strobach zurück und Lueger konnte – endlich – Bürgermeister von Wien werden.

Seine Antrittsrede am 20. April 1897 beinhaltete schon sein ganzes Programm. Lueger war überzeugt, daß die privaten Gesellschaften, die nach liberaler Wirtschaftsvorstellung alle kommunalen Einrichtungen in ihrem Besitz hatten, wie das Transportwesen, die Gas- und Stromversorgung, durch kommunale Gesellschaften ersetzt werden sollten. Finanziert werden sollte dies alles durch Anleihen, und so wurde Lueger – der sich in seiner früheren Tätigkeit als Gemeinderatsabgeordneter über die Schuldenpolitik der Gemeinde immer entsetzt gezeigt hatte – zum größten Schuldenmacher in der k.k. Monarchie.

Dafür ging er aber die Probleme der Stadt energisch an. Die Verträge mit der englischen „Imperial-Continental-Gas-Association" liefen 1899 aus und wurden nicht erneuert, dafür baute die Stadt 1896–1899 ein großes Gaswerk in Simmering und plante ein zweites in Wien-Leopoldau zur Versorgung der Außenbezirke.

1901 und 1902 wurden zwei städtische Elektrizitätswerke in Betrieb genommen, und bis 1903 wurden die privaten Tramwaygesellschaften aufgekauft und ihre Pferdebahnen auf elektrischen Betrieb umgestellt. Weiters beteiligte sich die Stadt am Bestattungswesen und am Brauhaus in Rannersdorf, Floridsdorf wurde eingemeindet und der Wald- und Wiesengürtel als Erholungs- und Luftreservoir geschaffen. Weitblickend stellten die Stadtväter schon damals fest, daß die erste, seit 1873 in Betrieb befindliche Wiener Hochquellenleitung bald nicht mehr ausreichen würde; deshalb wurde von

1900–1910 eine zweite Wasserleitung vom Hochschwab nach Wien gelegt. Die Wienflußregulierung, der Bau der Stadtbahn, der Bau des Versorgungshauses Lainz und eine städtische Arbeitsvermittlung waren weitere Einrichtungen, in denen sich die Gemeinde nun engagierte, immer im scharfen Gegensatz zu den gegen die Geldverschwendung wetternden Liberalen, die aber zunehmend an politischer Bedeutung verloren.
Dabei war am linken Flügel längst ein viel ernster zu nehmender Gegner Luegers aufgetaucht. 1900 waren durch eine Wahlrechtsreform die Sozialdemokraten zum ersten Mal in den Gemeinderat gelangt, und bis zu seinem Tod, 1910, waren Lueger die Sozialdemokraten ein Stachel im Fleisch.
Lueger war in Wien ungeheuer populär, und noch nach dem Ersten Weltkrieg konnte der kleine Greißler in dem Singspiel „Essig und Öl" beseeligt singen: „Schon der Dr. Lueger hat mir die Hand gereicht". Auch bei den Tschechen in Wien, immerhin 60.000 an der Zahl, war er beliebt durch seinen Ausspruch: „Laßts mir meine Böhm' in Ruh", als ihnen der Ministerpräsident Badeni eine neue Sprachverordnung aufzwingen wollte.
Wenn es eine abzulehnende Seite Luegers gab, so war es sein aggressiver Antisemitismus – obwohl ihn mit führenden Juden Wiens, so mit Alfred Adler, dem Führer der Sozialdemokraten, wenn schon nicht Freundschaft so doch Hochachtung verband –, den er in seinem Spruch „Wer ein Jud ist, bestimm' ich" auszudrücken pflegte.
Als Lueger am 14. März 1910 zu Grabe getragen wurde und in jener Kirche am Zentralfriedhof die letze Ruhe finden sollte, deren Grundstein er noch selbst gelegt hatte, säumten Hunderttausende die Straßen, um dem Mann die letzte Ehre zu erweisen, der Wien nicht nur chronologisch vom 19. in das 20. Jahrhundert geführt hatte.

„Wohl hoffe ich, daß die städtischen Gasanstalten, wenn sie einmal im Betriebe sein werden, der Gemeinde eine beträchtliche Einnahme zuführen werden. Ich glaube, daß auch die Verstadtlichung des Versicherungswesens und des Kreditwesens neue Einnahmen zuführen oder doch die bisherigen Lasten der Bevölkerung erleichtern kann."

KARL LUEGER

... DIE OPERETTE

Mochten im Wien der Jahrhundertwende auch die größten Komponisten des alten Kontinentes sich die Türklinken der Kaffeehäuser in die Hand drücken, die Mehrzahl der Wiener kannte nur wenig Musik von Mahler, Brahms, Bruckner und Schönberg.
Was aber jeder Schusterbub auf der Gasse vor sich herpfiff, jedes Wäschermädel am Waschtrog vor sich hinsummte und die Walzen der Leierkastenmänner in jeden Wiener Hinterhof trugen, waren die populären Lieder, die Schlager der jeweils auf dem Spielplan der vielen Theater Wiens stehenden Operetten. Wien erlebte damals seine zwei großen Operettenären, die als die Goldene und die Silberne in die Musikgeschichte eingegangen sind.
Johann Strauß-Sohn, Franz von Suppé und Karl Millöcker standen in den letzten beiden Jahrzehnten des 19. Jahrhunderts am Höhepunkt ihres Ruhmes, aber ab 1885 machte sich der Niedergang dieser Musikgattung langsam bemerkbar. Weniger war es die Musik, die dazu beitrug, mehr die Schwäche der Librettisten, deren Texte der Musik oft nicht ebenbürtig waren und die sich auf den schon sprichwörtlich gewordenen „Operetten-Unsinn" beschränkten.
Aber auch das Publikum konnte mit den Meisterwerken nicht immer etwas anfangen, so war 1874 die „Fledermaus" am Theater an der Wien ein wahrer Reinfall, erst als sich das Stück in Berlin durchgesetzt hatte und 1894 von Gustav Mahler an der Wiener Oper mustergültig inszeniert wurde, wurde sie auch in Wien bejubelt. Dafür konnte aber Johann Strauß mit seinem 1885 uraufgeführten „Zigeunerbaron" in Wien wahre Triumphe feiern, vielleicht auch deshalb, weil er darin der k.k. Monarchie ein eigenes Denkmal

„Eine ungemein sympathische, graziöse Leistung ward gestern von Frl. Streitmann als ‚Sora' geliefert. Sie entschied auch mit einer Tarantella den Erfolg des ersten Aktes, der bis dahin etwas gedehnt erschien. Frl. Massa, die zum ersten Male hier eine große Rolle kreierte, wirkte durch ihre schöne Stimme und zeigte sich auch, gleich Frl. Streitmann, als angenehme Darstellerin. Sonst sind noch Herr Joseffy, Frau Schäfer in größeren, die Herren Gutmann und Eppich in kleineren Partien zu erwähnen. Joseffy mußte auch ein paar seiner Gesangsnummern wiederholen."

NEUES WIENER TAGBLATT,
27. JÄNNER 1884

„Die heutige erste Aufführung der ‚Nacht in Venedig' im neueröffneten Theater nahm einen unliebsamen Verlauf, und zwar einen solchen, der nach Wiener Begriffen ein Theaterscandal genannt werden muß.
Nachdem der erste und zweite Act freundlich, wenn auch in Folge des langweiligen Librettos nicht stürmisch, wie es einzelne Musiknummern verdient hätten, aufgenommen worden waren, entwickelte sich während des von Steiner gesungenen Lagunenwalzers anfangs eine lebhafte Unruhe, welche später in eine von der Galerie böswillig inscenierte Katzenmusik ausartete.
Die Stimmung eines Theiles des Publicums war schon zu Anfang eine uns seltsam berührende, da Johann Strauß, als er am lorbeergeschmückten Pult erschien, ziemlich kühl empfangen wurde.
Selbst die schönsten Nummern der Operette, von denen beispielsweise das Lied ‚Rondinella' zu dem Bestrickendsten gehört, was Strauß je geschrieben, schlugen nicht durch oder begegneten der Apathie des Publicums. Allerdings trugen die mangelhafte Darstellung in mehreren Hauptpartien und zahlreiche Regiemängel dazu bei, die Mißstimmung zu nähren.
Als nun im dritten Acte der Tenorist Steiner den Walzer ‚Auf der Lagune bei Nacht' anstimmte und zur Stelle gelangte: ‚Nachts sind die Katzen so grau, schreien dann zärtlich Miau', ertönte das stadtübliche ‚au!' und das war das Signal zu einer förmlichen Miau-Serenade, welche von der Galerie dem Meister Strauß in liebenswürdiger (!) Weise dargebracht wurde.
‚Ruhe' tönte es vom Parterre. ‚Miau' schrie man von der Galerie und der Lärm legte sich erst, als der größere intelligentere Theil des Publicums durch Bravorufe eine Wiederholung des Walzers erzwang.
Nun begann der Sänger auf's Neue, doch bei der kritischen Stelle ging's wieder los. ‚Aufhören! Aufhören!' riefen sie dem Tenoristen zu und dieser mußte schließlich dem Ansturme weichen. Der Walzer wurde nicht zu Ende gesungen.
Strauß saß am Dirigentenpult, bleich und zitternd. Die Gastfreundschaft hatte ihn eben bange gemacht, und gerade der ‚Lagunenwalzer' ist musikalisch bei weitem feiner und melodiöser, als der Naturwalzer.
Die Vorstellung endete ohne weiteren Zwischenfall.
Die Ablehnung, welche dem genialen Componisten in so rüder, unverdienter Weise zu Theil geworden, hat für die

geschaffen hatte. Allerdings konnten seine anderen Werke, seien es nun „Prinz Methusalem", „Der lustige Krieg" oder „Eine Nacht in Venedig" trotz so populär gewordener Lieder wie „Rosen aus dem Süden" oder „Nur für Natur" die Erfolge nicht wiederholen. Auch sein Versuch mit „Ritter Pasman", der sich der Oper annäherte, fand nur noch geteilte Aufnahme, während die Operette „Simplizius" sogar ein absoluter Mißerfolg wurde, vom Musikkritiker Julius Brauer als „unvergeßliche Tote" beschrieben, „sie hat nie lustig gelebt und ist traurig gestorben". Die Operetten „Jabuka – Das Apfelfest" und „Waldmeister", zwei Spätwerke von Johann Strauß, sind heute zu Recht vergessen.
Franz von Suppé war bereits in den Sechzigern, als er mit dreiaktigen Operetten die größten Erfolge feierte. „Fantinitza" und „Boccacio" wurden vom Wiener Publikum noch stürmisch gefeiert, „Donna Juanita" kam nicht mehr annähernd an diese Erfolge heran.
Karl Millöcker hatte eigentlich nur mit einem Werk wirklichen Erfolg, mit der 1882 uraufgeführten Operette „Der Bettelstudent", die fast zwei Monate en suite gegeben wurde. Gut aufgenommen wurden auch noch „Das verwunschene Schloß", „Apajune der Wassermann" und „Gräfin Dubarry", mit Werken wie „Gasparone", „Der Feldprediger", „Die sieben Schwaben" und „Der arme Jonathan" konnte er aber die Erwartungen nicht erfüllen.
Die drei genannten Meister fanden allerdings keine entsprechenden Nachfolger, zwar konnten einzelne Komponisten mit Operetten noch Erfolge erzielen, meist blieben diese jedoch auf ein einziges Werk beschränkt. So hatte der Sektionschef im Unterrichtsministerium Karl Zeller mit seinem „Vogelhändler" 1891 einen großen Erfolg, an den er 1894 mit dem „Obersteiger" noch einmal anknüpfen konnte, dann allerdings wurde es eher ruhig um ihn. Ähnlich erging es auch dem Grazer Ingenieur und Journalisten Richard Heuberger mit seinem 1898 uraufgeführten „Opernball" und dem Militärkapellmeister Karl Michael Ziehrer, der trotz mehrmaliger Versuche nur 1899 mit den „Landstreichern" einen vollen Erfolg verzeichnen konnte. Der Misere im Operettenfach versuchten die Theaterdirektoren zu entgehen, indem sie nun vermehrt Werke aus dem Ausland importierten.
Viele der Wiener Schauspieler, die durch ihre Persönlichkeit und ihre Popularität maßgeblich zu den Erfolgen beigetragen hatten, verließen zur gleichen Zeit die Bühne. Marie Geistinger beendete 1880 ihre Karriere, 1883 heiratete Karoline Finaly, während bereits 1879 Antonie Link einen Bankier geehelicht hatte, und 1884 starb Josephine Gallmeyer. Erst langsam wuchsen mit Ilka Palmay und Julie Kopacsi-Karczag neue „Stars" heran.
Etwas besser war die Situation bei den Männern, hier starben zwar Karl Treumann, Jani Szika, Josef Matras und Karl Mathias Rott, diese Lücken wurden jedoch durch Streitmann und Blasel und besonders durch den beliebtesten Schauspieler seiner Zeit, Alexander Girardi, wieder geschlossen.
Die nun folgende „Silberne" Operettenära brachte – und das war auch den Zeitgenossen schon bewußt – mehr Krampf und Kitsch auf die Bühne als qualitätvolle Stücke. So schreibt die Kritik zu Heinrich Reinhardts „Das süße Mädel": „Das süße Mädel krankt an dem forcierten Wienertum der Volkssängerei, die man längst überwunden glaubte . . ., daß nämlich der liebe Gott die Wienerin in seinen besten Stunden geschaffen habe . . . Furchtbar viel Süßigkeit wird daran verschwendet, Süßigkeit und Süßlichkeit. Die Vorzüge der Wienerin im allgemeinen, des süßen Wiener Mädels im besonderen, bilden die Moral einer jener Verwechslungs- und Verkennungsgeschichten, die sich wie ein mühsam ausgebrütetes Librettistenei dem anderen gleichen . . .".
Die Welt wurde nicht mehr ehrlich dargestellt, die gute, heile Welt voll Süße und Verlogenheit dominierte die Textbücher. Ein letzter Erfolg dieser Gattung war Franz Lehárs „Die lustige Witwe", die mit ihrem tragischen Ende

so erfolgreich war, daß sie für die nächsten drei Jahrzehnte beispielgebend wurde – und damit zum weiteren Niedergang der Wiener Operette beitrug. Ab 1900 sind die Wiener Operetten – laut Hans Weigel – „keine echten Theaterstücke mehr, sondern Veranstaltungen, die im Theater stattfanden", die große Chance einer an und für sich großartigen Musik war vertan worden, weil sich die Musik nach dem breiten Geschmack orientierte und sich den Wünschen der Theaterdirektoren unterwarf, statt sich weiterzuentwickeln und sich, nochmals Hans Weigel, „kompetent den großen Formen des musikalischen Theaters unterzuordnen".

Aufführung in Wien herzlich wenig Bedeutung.
Interessant ist, daß der neue Vorhang des Theaters die Bildnisse von Strauß, Suppé und Millöcker und auch der Herren Zell und Genée trägt – auf die Huldigung der Scandal!"

ILLUSTRIERTES WIENER EXTRABLATT, 4. OKTOBER 1883

... DIE SOZIALDEMOKRATEN

In der zweiten Hälfte des 19. Jahrhunderts ändern sich die Techniken und die Organisation in der Produktion entscheidend. Aus kleinen Gewerbebetrieben werden nun Industriebetriebe, die persönliche Bindung des Handwerkers an seine Erzeugnisse geht verloren. Waren anfangs noch die Arbeiter in einer Art patriarchalischem Verhältnis zu ihrem Fabriksherren gestanden, so löst sich dieses Verhältnis nun auf, der Arbeiter verschwindet im „Arbeiterheer", er wird namenlos und austauschbar. Damit geht auch eine Verschlechterung seiner Arbeitsbedingungen und seiner sozialen Lage einher. Immer mehr Arbeiter strömen aus den Provinzen der k.k. Monarchie nach Wien, dies drückt natürlich auf die Löhne der Arbeiter und auch auf die Akzeptanz bei der Annahme von Arbeitsplätzen.

Schon bald aber beginnen sich die Arbeiter zu organisieren. 1842 entstehen die ersten Zusammenschlüsse von Arbeitern, sogenannte Fabrikskassen, in der weiteren Folge dann auch Kranken- und Reisevereine sowie Arbeitslosenunterstützungs-, Konsum- und Sparvereine. 1848 bildet sich auch ein „Arbeiterkomitee", dem es gelingt, erste soziale Errungenschaften durchzusetzen – so wird damals der 10-Stunden-Tag eingeführt. Mit dem Ende der Revolution müssen sich all diese Vereine auflösen, und es wird der alte Zustand der Rechtlosigkeit des Arbeiters wiederhergestellt; die weitere Entwicklung ist aber, auf lange Sicht gesehen, nicht mehr aufzuhalten.

„In Österreich siegt die Vernunft nicht leicht und die Unvernunft ist nicht leicht umzubringen. Aber das bißchen, das wir erkämpft haben, haben wir allein erkämpft, allein gegen eine Welt von Gegnern, gegen eine Welt von Dummheit, von protzenhafter Borniertheit, von eingenisteten Vorurteilen."

VICTOR ADLER

1867 erhalten die Arbeiter durch das Staatsgrundgesetz wieder ein Vereins- und Versammlungsrecht, das sofort genutzt wird, um den „Ersten Allgemeinen Wiener Arbeiter-Bildungsverein" zu gründen, der auf den Lehren von Marx und Engels aufbaute. 1868 wird in Wiener Neustadt der erste allgemeine Arbeitertag abgehalten, und bereits 1869 haben sich die Arbeiter soweit organisiert, daß 20.000 Arbeiter vor das Wiener Parlament ziehen und für sich das Koalitionsrecht, also das Recht auf die Bildung von Gewerkschaften, die Pressefreiheit und das allgemeine direkte Wahlrecht fordern können. Als ihr Sprachrohr fungiert die im selben Jahr gegründete „Volksstimme", das erste sozialdemokratische Presseorgan Österreichs. 1870 ist ein turbulentes Jahr für die Rechte der Arbeiter, im April gewährt ihnen der Reichstag das Koalitionsrecht, im Juli werden aber im Gegenzug die Wiener Arbeitervereine aufgelöst und nach teilweise stürmischen Straßenkundgebungen letztlich wieder zugelassen.

Zwischen 1871 bis 1886 ringt die neue Bewegung um ihre Identität, sie ist gespalten, in einen „gemäßigten" Flügel, der die Rechte der Arbeiter mit demokratischen Mitteln durchsetzen will, und einen „radikalen" anarchistischen Flügel, der sein Heil in der Gewalt sucht. 1884 sieht sich die Regierung genötigt, den Ausnahmezustand über Wien und Niederösterreich zu verhängen, und die darin enthaltenen scharfen Gesetze machen es der Regierung möglich, die Arbeiterbewegung völlig zu zerschlagen.

Inzwischen aber war eine Persönlichkeit unter den Arbeitern aufgetaucht, die für die nächsten Jahre die Kämpfe der Arbeiter unterstützen, koordinieren und anleiten sollte: Victor Adler. Adler kam aus dem liberalen Großbürgertum, war Armenarzt und hatte in den Zinskasernen der Wiener Peripherie das Elend der Arbeiter kennengelernt. 1886 gründete er aus eigenen Mitteln die Zeitung „Gleichheit", die sich das Ziel setzte, die zerstrittenen Sozialdemokraten wieder zu einen und ihrem Kampf um bessere Lebens- und Arbeitsbedingungen eine einheitliche Richtung zu geben.

An der Jahreswende 1888/1889 gelingt es Adler am ersten Parteitag der Sozialdemokraten in Hainfeld, alle Richtungen an einen Tisch zu bekommen, ja, er bringt es sogar zuwege, daß auch der anarchistische Vertreter der „Radikalen" dem Terror abschwört. Damit ist für die Sozialdemokraten die Richtung gewiesen und auch ihr wichtigstes Ziel vorgegeben: das gleiche, geheime und allgemeine Wahlrecht. Erreicht werden soll dieses Ziel mit dem Druck der Straße, mit Aufmärschen, Demonstrationen und Kundgebungen.

„Arbeiter-Zeitung – erste Nummer!
Ist denn der jüngste Tag schon da?"
Aus ihren Augen reibt den
Schlummer,
Emporgescheucht, Frau Austria.
Die alte Dame kann's nicht fassen:
„Dürft, ohne Herkunft, ohne Stand,
Ihr Bettelvolk euch blicken lassen
Mit eurer Zeitung in der Hand?

Habt ihr denn Geld genug, zu essen?
Wo nehmt ihr Geld her – für Papier?
Was soll's denn? Welchen Interessen
Dient euer Blatt? Wer zahlt dafür?
Die Niedern gegen ihre Obern
Hetzt ihr mir auf? – Ei, Narrentand!
Wollt ihr vielleicht die Welt erobern
Mit eurer Zeitung in der Hand?"

Gemach, gemach, verehrte Dame!
Ihr seid schon alt, ein wenig schwach,
Und Eure Gangart kommt, die lahme,
Dem raschen Zeitlauf nicht mehr
nach.
Doch Wunderdinge sollt Ihr hören,
Wir bitten höflich – lauscht gespannt!
Wir wollen Euch was Neues lehren
Mit uns'rer Zeitung in der Hand.

*

„Wenn es sich in der Frauenbewegung um nichts anderes handelt, als einer Anzahl unverheirateter bürgerlicher Frauen einen selbständigen Erwerb zu schaffen oder ihnen den Weg zur akademischen Bildung zu eröffnen, um zu beweisen, daß die intellectuellen Fähigkeiten des weiblichen Geschlechts nicht unter denjenigen des männlichen stehen – wenn es sich um nichts anderes handelte, dann würde sie bei weitem nicht alle Mühe und Aufopferung, alle Demüthigungen und Enttäuschungen werth sein, welche ihre Vertreterinnen auf sich nehmen."

ROSA MAYREDER

1889 verlieren die Sozialdemokraten die „Gleichheit", die wegen ihres Engagements im „Tramwaystreik" verboten wird. Bald danach kann Victor Adler sie mit der Gründung der „Arbeiter-Zeitung" ersetzen. Und da es so etwas wie eine Parteimitgliedschaft auch noch nicht gibt, ersetzt das Abonnement der Arbeiter-Zeitung auch das Parteibuch: Mitglied ist, wer die Zeitung abonniert hat.

1890 wollen die Arbeiter zum ersten Mal auch öffentlich ihre Stärke unter Beweis stellen und rufen den 1. Mai als Feiertag der Arbeiterklasse aus. Der 1. Mai hatte für die Wiener immer schon eine besondere Bedeutung, war er doch der Tag des Prater-Corsos, der Auffahrt der geschmückten Wagen des Adels und der Großbürger, die bisher an diesem Tag ihre Selbstdarstellung zelebrierten. Für die Arbeiter hingegen war es der Gedenktag an das Haymarket-Massaker des Jahres 1886 in New York, als die Polizei brutal und unter Zurücklassung zahlreicher Toter eine Versammlung streikender Arbeiter aufgelöst hatte. Es ist fast eine Ironie des Schicksals, daß der Organisator des 1. Mai 1890, Victor Adler, wieder einmal im Gefängnis sitzt. Die Behörden erinnern sich an seine ihm wegen des Tramwaystreikes 1889 zur Bewährung ausgesetzte Strafe, die Bewährung wird wegen „Aufwiegelung" widerrufen, und so verbringt er diesen Tag, an dem die Regierung aus Angst vor den Arbeitern sogar Artillerie bereitgestellt hat, im Wiener Landesgericht.

Die Sozialdemokraten erkennen aber bald, daß das Abonnement einer Zeitung nicht genug ist, und beginnen sich in immer stärkerem Maße zu organisieren. Sportvereine, lebensreformerische Vereine, wie die „Naturfreunde", Volksbildungseinrichtungen und Partei- und Gewerkschaftsbüchereien schaffen die Grundlagen zur organisatorischen Erfassung möglichst vieler Arbeiter, was auch eine gewaltige Erhöhung der Mitgliedszahlen bringt. Waren 1888 gerade 20.000 Arbeiter organisiert, sind es 1905 bereits 320.000, und die Wiener Partei zählt allein 40.000 Mitglieder.

Nun kann auch die Politik nicht mehr an den Forderungen der Arbeiter vorbeigehen, denen sich 1890 auch die Frauen in einer eigenen Bewegung angeschlossen haben. 1893 bringt Ministerpräsident Taaffe einen Wahlrechtsreformvorschlag im Reichsrat ein, der auch die Sozialdemokraten in die politische Verantwortung einbeziehen soll, scheitert aber mit seinem Anliegen. 1897 aber ist es dann soweit. Nach einer Wahlrechtsreform unter Ministerpräsident Badeni können sie mit 14 Abgeordneten in den Reichsrat einziehen.

Die Partei war nun multinational in der k.k. Monarchie und ihre Kraft ruhte auf drei Pfeilern: Gemeinsamkeit des Programms, Autonomie der Organisation und Abstimmung der Taktik. Und diese Multinationalität und scheinbare Geschlossenheit erregt nun auch die Aufmerksamkeit der von nationalistischen Umtrieben gepeinigten Monarchie mit der Überlegung, daß eine solche supranational organisierte Partei dem nun rasch aufkommenden Nationalismus entgegenwirken könnte. Allerdings spielen hier die Sozialdemokraten nicht so mit, wie die Hofburg es gerne hätte. 1899 fordert man im Brünner Programm die Umwandlung der Monarchie in einen demokratischen Bundesstaat autonomer Völker, ohne allerdings an der Existenz der Monarchie zu rütteln. Der Staat sieht aber dennoch weiter in ihnen eine Art von „k.k. Sozialdemokratie", und selbst der nun schon greise Kaiser Franz Joseph drängt seinen Ministerpräsidenten Gautsch dazu, den Sozialdemokraten mehr Rechte zu gewähren, um sie als Kitt für die brüchig gewordene Monarchie einzusetzen. 1907 bekommen sie es nun endlich, das allgemeine Männerwahlrecht, ein Wahlrechtskompromiß, der allerdings nur zustandekommen kann, weil die Frauen auf eines ihrer wichtigsten Anliegen – das Wahlrecht auch für Frauen – vorher verzichtet hatten; ein Zustand der Rechtlosigkeit, der dann bis 1918 anhalten sollte. 1907 werden die Sozialdemokraten mit 97 Abgeordneten die zweitgrößte Fraktion im Reichsrat.

„Doch zu glauben, daß hier die Wohlthätigkeitsbestrebungen eines Vereins irgend etwas Nennenswerthes leisten könnten, das zeugt von einer Naivität auf wirthschaftlichem Gebiet, die alles erlaubte Maass übersteigt. Diese falschen Vorstellungen über die Wohlthätigkeit, durch welche das schöne Wort Humanität so sehr discreditirt worden ist, hat Carlyle mit dem Ausspruch gegeisselt: ‚Das Elend durch private Wohlthätigkeitsanstalten bekämpfen, heisst die Cholera mit Rosenwasser heilen wollen.'"

ROSA MAYREDER

Bewundert wird die Organisation der Wiener Sozialdemokraten. Sie sind nach Sektionen und Rayonen gegliedert, und mehr als 2000 Vertrauensmänner betreuen persönlich die Mitglieder der Partei, die damit die erste moderne Massenpartei in Österreich ist.
1911 erleiden die Sozialdemokraten eine schwere Niederlage, nicht bei den Wahlen, wo sie einen bedeutenden Sieg über ihren Hauptfeind, die durch Luegers Tod allerdings geschwächten Christlichsozialen, erringen, sondern in der Partei. Die tschechischen Sozialdemokraten spalten sich ab, und die sozialdemokratische Fraktion zerfällt in drei separierte Abgeordnetenklubs. Diese Situation bringt der Partei bis 1913 eine Reihe von Niederlagen ein, und als die slawische Obstruktionspolitik 1913 den Reichsrat lahmlegt, hat die Regierung den Vorwand, den Reichsrat zu suspendieren. Die internationale Solidarität, die 1914 die große Chance gehabt hätte, den Ausbruch des Ersten Weltkrieges vielleicht zu verhindern, versagt ebenfalls. Die österreichischen Sozialdemokraten – mit Ausnahme einer kleinen Gruppe um Friedrich Adler, den Sohn Victor Adlers – bekennen sich zur Pflicht der Landesverteidigung und beschließen die Kriegskredite mit.
Erst im letzten Jahr des Kriegs wird sich die Sozialdemokratie besinnen und zunehmend einen pazifistischen Kurs steuern, einen Kurs aber, der auch die Sozialdemokraten spalten wird und ab 1918 die Basis zur Bildung einer Kommunistischen Partei gibt.
Den 12. November – den Tag der Ausrufung der Republik – erlebt aber jener Mann, der zeit seines Lebens für dieses Ziel gekämpft hat, nicht mehr. Victor Adler ist einen Tag zuvor gestorben. Sein Sohn hatte ihm noch am Krankenbett von der bevorstehenden entscheidenden Sitzung des Staatsrates erzählt, bei der es um die Einberufung des letzten Reichstages der alten Monarchie und um die Ausrufung der neuen Republik gehen sollte, und die letzten Worte des großen Mannes waren: „Da werde ich nicht mehr hingehen können. Man muß mich entschuldigen."

. . . DEN HEURIGEN UND DIE SCHRAMMELN

Der Heurige ist eine uralte Wiener Institution. Schon im Mittelalter war der „grüne Buschen" das Zeichen der Weinschenken, in denen die Hauer ihre Eigenbauweine ausschenkten und zugleich von altersher das Recht hatten, den Gästen auch gewisse Speisen zu servieren. Der Heurige ist aber

„Ja, man verschwendet, man verjuxt und verjuckt, verschleudert und vergeudet nicht nur die sauer erworbenen blechernen ‚Zehnerl', sondern auch die papierenen ‚Einserln' und ‚Fünfer', und zuweilen noch breitere Noten. Was liegt d'ran? Eine lustige Stunde, ein lustiger Tag verschlingt den Verdienst einer Woche. Nun, unser Herrgott ist ein guter Mann, er läßt (angeblich) einen ‚echten Wiener' nie ganz zu Grunde gehen, und was man heute in übermüthiger Laune ‚verputzt', für das wird sich schon morgen der Ersatz wieder finden. Oder übermorgen. Oder nächstens. Mittlerweile lebt man ‚auf Puff' oder man versetzt Entbehrliches, oder man pumpt und borgt, oder man wagt Schlimmeres.
Und Alles oft der schaalsten ‚Unterhaltung' wegen. Aber man will sich eben unterhalten und geschehe es mit nachträglich schwerster Buße. Ich kenne und kannte Familien, wo die Kinder hungern und barhaupt und barfuß auf der Straße herumvagiren, während Vater und Mutter mit einem erschnorrten Gulden zum ‚Heurigen' wallfahrten und sich dort ‚anstrudeln' lassen. ‚Allerweil fidel!' Man johlt und pascht, daß es an den Wänden hallt. Heimgekehrt prügelt man die winselnden Kinder, wenn sie nach Brot verlangen. Aber Nachmittag hat man sich doch unterhalten."

FRIEDRICH SCHLÖGEL

Wer wird denn schon spar'n, das fallt uns gar net ein,
Das heb'n ma uns auf, bis ma sterb'n.
Da müßt' ma in Wean net auf d'Welt kumma sein,
Wann Ana von uns wollt was erb'n.
Mir lassen nix z'ruck, no das is schon bestimmt,
Mir ham Allers gern, nur kan Streit.
Und daß ka' Notar unsern Erben was nimmt,
Verjuck' ma halt's Geld voller Schneid.
Hollodoro! Hollodoro!
Es wird a Wein sein
Und mir wer'n nimmer sein,
D'rum g'niaß ma's Leben, so lang's uns g'freut.
's wird schöne Maderln geb'n
Und mir werd'n nimmer leb'n,
D'rum greif' ma zua, grad is's no Zeit.

JOSEF HORNIG

mehr als eine Gastwirtschaft, er ist ein Instrument der gesellschaftlichen Nivellierung. Hier finden sich alle Generationen und Altersklassen, alle Stände sitzen friedlich auf den roh gezimmerten Bänken und an den Holztischen, um den jungen Wein zu genießen. Adalbert Stifter hat dieses Vergnügen beschrieben: „Eine besondere Lust ist es für den Wiener . . . wöchentlich zweimal, nämlich Sonntags und Montags, neuen Wein zu trinken oder nach seinem Ausdruck, zum Heurigen zu gehen. Er findet diesen außer den Linien bei Hauern in jedem benachbartem Orte; jedoch sind vor allen Grinzing und Sievering seine Lieblingsplätze, teils wegen der reizenden Gegend, in der diese beiden Orte liegen, und für die selbst der gemeinste Wiener nicht fühllos ist, größtenteils aber des guten Heurigen wegen . . ."
Beim Heurigen geht es dem Wiener um die „Hetz", nicht ums Trinken oder gar ums Besaufen; mit dieser Hetz hat es aber eine eigene Bewandtnis. Man hat als ihren Vater den Leichtsinn bezeichnet, als ihre Mutter aber die Melancholie – und die Mischung aus beiden ergibt jenen Zustand, von dem die „Hetz" nur ein kleiner Teil ist, als Überbegriff könnte man vielleicht am ehesten „die Drahrerei" bezeichnen. „Drahn gehen" ist Sich-einen-schönen-Tag-Machen, nicht aufs Geld schauen zu müssen oder zu wollen, und für einige Stunden aus dem Alltag, der für viele nur allzu grau war, zu entfliehen. Wie heißt es in einem alten Wienerlied „Drahn ma um und drahn ma auf, was liegt denn dran, weil mans Geld auf dera Welt net fressen kann . . ." Aber manchmal hatten sie nach so einer Drahrerei selbst nichts mehr zu „fressen" für die nächste Woche, und dann lebte man auf „Puff" oder blieb dem Hausherrn den Zins schuldig.
Es ist nur natürlich, daß die Wirte, um die Attraktivität ihrer Lokale zu steigern, den Gästen auch Unterhaltung bieten wollten und Volkssänger engagierten, die mit ihren traditionellen Instrumenten wie Hackbrett, Violine, Klarinette, Mandoline und Harmonika Lieder sangen.
Ihren Höhepunkt erreicht aber die Heurigenmusik und überhaupt die Heurigenkultur in der zweiten Hälfte des 19. Jahrhunderts, und ihr Aufstieg zur wahren Wiener Volksattraktion ist untrennbar mit dem Namen eines Brüderpaares verbunden, dessen Musik der gesamten Gattung der Heurigenmusik den Namen gegeben hat: der Schrammeln.
Die Brüder Johann und Josef Schrammel stammten aus dem Waldviertel und waren Kinder einer alteingesessenen Musikerfamilie, ihre musikalische Ausbildung erhielten sie von Josef Hellmesberger sen. Ab 1878 traten sie in Wien öffentlich auf, als Terzett mit dem Gitarristen Anton Strohmayer, wobei Hanns die erste und Josef die zweite Geige spielte. Das Terzett wurde zunächst „Die Nußdorfer" benannt, die Wiener, mit ihrem Sinn, wie die Kunst so auch die Künstler hochleben zu lassen, benennen sie aber bald um: „D' Schrammeln". Der Volksschriftsteller Eduard Pötzl hat uns einen Bericht über ihre erste Zeit hinterlassen: „Die Schrammeln machen keine gewöhnliche Heurigenmusik, sie sind die Klassiker der ‚Wiener Tanz', die Virtuosen des Wienerliedes . . . Der Übermut, die Frohnatur, die oft umwölkte Schwärmerei und bald wieder herausjauchzende Hellsinnigkeit des Wiener Gemütes, wie es sich in seinen Liedern und Tänzen ausspricht, werden in den ursprünglichen frischen Farben unter den Geigenstrichen dieser Musiker tonlebendig und erwecken in dem Zuhörer die süßesten Stimmungen . . . Mit einem Worte, die Gebrüder Schrammel besitzen die Gabe, ihr unverfälschtes Wiener Blut den Geigen mitzuteilen und es durch diese ausseufzen, ausjubeln und austanzen zu lassen in einer Weise, die jeden Wiener rühren, entzücken, hinreißen muß."
Der Klarinettist Georg Dänzer machte bald mit seinem „picksüßen Hölzl" das Quartett voll, und nun begannen auch die bekanntesten Wiener Volkssänger mit den Schrammeln zu singen. Der Fiaker Bratfisch war dabei, der in der Mayerlingaffäre noch eine große Rolle spielen sollte, die „Kiesel-

Marie", die „Pascher-Pepi", der „Hungerl", sie alle traten in den bekanntesten Heurigenetablissements ihrer Zeit auf, beim „Stahlener", beim „Gschwandtner", beim „Grünbeck" und in vielen anderen Lokalen. Bald schon fanden sich viele Nachahmer ein, die Popularität der Schrammeln aber bleibt ungebrochen, und selbst Johann Strauß-Vater kann in einem Gutachten über die Schrammeln sagen: „Erkläre hiermit mit Vergnügen und Überzeugung, daß die musikalische Leistung der Gesellschaft in der Ausführung und im Vortrag im wahrsten Sinne des Wortes von künstlerischer Bedeutung ist und jedermann, der für die getreue, musikalische Wiedergabe des Wiener Humors, der poetischen Eigentümlichkeit des Wiener Volksmusikgenres Sinn besitzt, auf das Wärmste zu empfehlen ist."

„Die echte Wienerin sieht das ‚Feschsein' als Nationaltugend an, ihr glühendster Wunsch ist, fescher, am feschesten zu scheinen.
Wenn ein Rekord der Feschheit erreicht scheint, geht das Wienertum flöten."

ERICH FELDER

... DIE SECESSION

Am 3. April 1897 traf beim Präsidenten des Künstlerhauses ein von Gustav Klimt unterzeichneter Brief ein, in dem nichts anderes stand, als daß sich in Wien eine neue Künstlervereinigung konstituiert habe. Auf den ersten Blick kein sehr weltbewegendes Ereignis in einer Stadt, die Künstler aus der ganzen Monarchie anzog, und doch war damit ein Prozeß eingeleitet worden, der die Kunst der Welt verändern sollte.

Die Kunst der neunziger Jahre des 19. Jahrhunderts war konservativ. Die arrivierten Künstler, die den Großteil der seit 1861 im Künstlerhaus vereinigten Kunstschaffenden bildeten, schufen die offizielle Kunst. Sie bekamen die Bauaufträge, sie bekamen die Aufträge für die offiziellen Porträts und die großen Aufträge zur Ausschmückung der Ringstraßenbauten.

Der Zeit ihre Kunst, der Kunst ihre Freiheit.

INSCHRIFT AUF DEM GEBÄUDE DER „SECESSION"

Kam einmal ein junger Maler von einer Studienreise aus Paris zurück, wo er die neuen Strömungen der Malerei gesehen und aufgenommen hatte, und versuchte er gar mit seinen Bildern in eine Ausstellung im Künstlerhaus zu kommen, so waren diese „zu gewagt", wie es dem Maler Theodor von Hörmann erging.

Die Maler waren unzufrieden, immer wieder traf man sich in Kaffeehäusern, und am Ende kam man auf eine gute österreichische Lösung: Man würde sich zu einer eigenen, progressiven Künstlergruppe zusammenschließen, aber im Rahmen des Künstlerhauses bleiben. Erst der Brief Klimts brachte die Wende, und die Secession begann sich auf eigene Beine zu stellen. Es muß eine ungeheure Aufbruchstimmung unter den Künstlern gewesen sein, die am 27. Juni 1897 zur Generalversammlung zusammenkamen. Gustav Klimt, Josef Hoffmann und Carl Moll wurden als Verantwortliche für die erste Ausstellung nominiert, man faßte den Beschluß, eine eigene Zeitschrift, „Ver Sacrum" genannt, herauszugeben, und man beschloß, der Secession ein eigenes Haus für ihre Aktivitäten zu schaffen, zu dem Klimt erste Entwürfe und Josef Olbrich die Pläne zeichnete.

„So eine Ausstellung haben wir noch nicht gesehen! Eine Ausstellung, in der es kein schlechtes Bild gibt! Eine Ausstellung in Wien, die ein Resumé der ganzen modernen Malerei ist! Eine Ausstellung, die zeigt, daß wir in Österreich Leute haben, die neben die besten Europäer treten und sich mit ihnen messen dürfen! Ein Wunder!"

HERMANN BAHR ZUR ERSTEN AUSSTELLUNG DER VEREINIGUNG „SECESSION"

Die Secessionisten sahen sich selbst als „eine von ihrem Ideal begeisterte, an Wiens künstlerische Zukunft trotz alledem unerschütterlich glaubende Schar jüngerer Künstler, . . . unterstützt von einer Reihe wahrer, opferwilliger Kunstfreunde", und ihr Motto, das fest eingemeißelt am Gebäude der Secession stehen sollte, war: „Der Zeit ihre Kunst, der Kunst ihre Freiheit". Aber auch in der Secession standen sich von Anbeginn an zwei Kunstströmungen gegenüber, die „Stilkünstler" und die „Impressionisten", die später die Secession spalten und in Richtung zur „Heimatkunst" abdriften sollten, während die Gruppe um Klimt bereits 1905 die Secession verließ.

Die acht Jahre aber, die man gemeinsam versuchte, der Zeit eine neue Kunst zu geben, waren erfolgreich. Eine Ausstellung nach der anderen konnte

„Die Fresken Klimt's sind ad hoc gemalt, nach Schluß der Ausstellung werden sie von den Wänden des Secessionsgebäudes heruntergeschlagen. Es ist ein wirklicher Verlust für die Kunst. In dieser Huldigung Klimt's an Klinger steckt ein Stück Selbstaufopferung, die einen antik großartigen Charakter hat."

HERMANN UBELL

veranstaltet werden, die erste noch in angemieteten Räumen der Gartenbaugesellschaft, dann schon im neuen Gebäude an der Wien.

Die Wiener Secession bemühte sich aber auch, die Kunst ganz Europas und der Welt in Wien Revue passieren zu lassen. Man zeigte die Franzosen, eine Ausstellung war den nordischen Ländern und die VI. Ausstellung der japanischen Graphik gewidmet.

Man verstand es auch zu kämpfen, so als Klimt in der VII. Ausstellung ein Gemälde zeigte, die noch nicht völlig fertiggestellte „Philosophie", die für die Aula der Wiener Universität geplant gewesen war, aber als sich zahlreiche Universitätsprofessoren dagegen aussprachen, bildete man eine Gegenpartei, die sich für Klimt einsetzte.

Ein anderer Höhepunkt war die VIII. Ausstellung mit Werken des schottischen Architekten und Designers Charles Rennie Mackintosh, die drei Jahre später in der Gründung der Wiener Werkstätte nachwirkte.

Den größten Erfolg hatte die XIV. Ausstellung im Jahre 1902, die rund um eine von Max Klinger geschaffene Beethovenstatue angeordnet wurde. Zahlreiche Künstler hatten Beiträge geliefert, darunter Klimt einen 24 Meter langen Fries zum Thema von Beethovens neunter Symphonie. Der Chronist der Secession, der Journalist Ludwig Hevesi, lobte das Kunstwerk in den höchsten Tönen, während die anderen Kritiker es als Scheußlichkeit, obszöne Kunst und Pornographie brandmarkten.

„Es kann unmöglich genügen, wenn wir Bilder, und wären sie auch noch so herrlich, erwerben. Solange nicht unsere Städte, unsere Häuser, unsere Räume, unsere Schränke, unsere Geräte, unsere Kleider und unser Schmuck, solange nicht unsere Sprache und unsere Gefühle in schlichter, einfacher und schöner Art den Geist unserer eigenen Zeit versinnbildlichen, sind wir unendlich weit gegen unsere Vorfahren zurück und keine Lüge kann uns über alle diese Schwächen täuschen."

JOSEF HOFFMANN

Die Secession war als Vereinigung einiger Künstler gegründet worden, die unzufrieden waren; durch den Erfolg ihrer Ausstellungen sahen sie sich aber nun einer breiten Öffentlichkeit gegenüber, die begann, sich mit der Kunst der Secessionisten auseinanderzusetzen und vor allem die Kunst auch zu kaufen. Der Nachfrage nach kunstgewerblichen Produkten kam die 1903 gegründete Wiener Werkstätte entgegen. Architekten der Wiener Secession wurden zum Bau von Villen und Wohnhäusern herangezogen, Gönner und Förderer fanden sich ein. Das Secessionsgebäude wurde aber auch ein gesellschaftlicher Mittelpunkt Wiens und war eine Begegnungsstätte für alle bildenden Künstler. So trat im Jahre 1902 die damals noch fast unbekannte Tänzerin Isadora Duncan mit ihren von der griechischen Mythologie beeinflußten Tänzen auf, so erschienen Artikel über Musik und Literatur auch in der Zeitschrift „Ver Sacrum".

Der letzte große Höhepunkt der Secession vor dem Austritt der Stilkünstler war eine Schau von 80 Bildern Gustav Klimts im Jahre 1903. Anfangs noch positiv aufgenommen, verursachten die für die Universität gedachten Bilder abermals einen solchen Skandal, daß sich das Unterrichtsministerium genötigt glaubte, die Bilder in die Moderne Galerie bringen zu lassen.

Als die Secession gegründet wurde, hatte man sich darauf geeinigt, sie nur 10 Jahre bestehen zu lassen. So lange, glaubte man, werde man brauchen, um dem neuen Stil zum Durchbruch zu verhelfen; das eigentliche Ende der „heroischen Zeit" kam aber schon früher.

„Im linken Seitenschiff hat Gustav Klimt ein entzückendes Friesgemälde geschaffen, so voll seiner kühnen, selbstherrlichen Persönlichkeit, daß man sich zurückhalten muß, um dieses Gemälde nicht sein Hauptwerk zu nennen."

LUDWIG HEVESI

Die Stilkünstler sahen ihre Aufgabe darin, alle Bereiche des Lebens mit ihrer Kunst zu durchdringen, und hatten sich daher besonders dem Kunsthandwerk zugewandt. Dies führte zur Gründung der Wiener Werkstätte, und dieses Unternehmen, das auch auf Gewinn ausgerichtet war, störte nun die Gruppe der „Impressionisten" oder „Naturalisten", wie sie sich nannten. Als sich die Stilkünstler auch an einer Galerie, der Galerie Miethke, beteiligen wollten, sahen die Naturalisten wieder eine drohende Verquickung von Kunst und Kommerz, also all das, dem sie eigentlich mit der Gründung der Secession entfliehen wollten. Es kam zu einer Kampfabstimmung, die die „Naturalisten" unter Josef Engelhart mit einer Stimme Mehrheit gewannen. Die Stilkünstler zogen aus, aber mit ihrem Auszug hatte auch die Secession soviel an künstlerischem Potential verloren, daß sie nie wieder die Bedeutung jener „heroischen Jahre" von 1897 bis 1905 erreichen sollte.

WAS ÜBRIG BLEIBT

Es gäbe noch viele Dinge in Wien, ohne die das Wien der Jahrhundertwende „undenkbar" wäre. Das Militär zum Beispiel, mit den schönsten und buntesten Uniformen des alten Kontinentes, mit den feschesten und schneidigsten Leutnants, die man „dann leider in einen Krieg hat schicken müssen", wie Karl Kraus geschrieben hat. Oder die schöne Wienerin – das süße Wiener Mädel des Schnitzlerschen Anatol –, die nach einer kurzen hellen Jugend an Syphillis starb oder mit einem unehelichen Kind sitzen gelassen wurde. Vielleicht auch noch die Psychoanalyse mit ihrem Mentor Sigmund Freud, der als erster versuchte, den Menschen bis auf den tiefsten Grund ihrer Seele zu blicken, und was er dort gesehen hatte, war für viele Menschen so schrecklich, daß sie sich gegen den Entdecker wandten. Sicher auch noch der alte Kaiser Franz Joseph I., von Gottes Gnaden Kaiser und Herrscher von selbst so entfernten Orten wie Jerusalem und mehr schon ein Symbol als ein Mensch.

Der Maler Hans Makart vielleicht noch, der einer ganzen Epoche seinen Namen gab und seinen Höhepunkt in dem von ihm gestalteten Festzug über die Ringstraße erlebte, und Otto Wagner, der Wien mit seinen Bauten eine völlig neue Gestalt geben wollte, wenn man ihn gelassen hätte.

Eines aber dürfen wir nicht vergessen: Die Mehrzahl der Wiener, die uns auf den Photos dieses Buches entgegensehen, haben von der Kunst, der Kultur und der Musik kaum etwas mitbekommen. Für sie begann der Tag um fünf Uhr morgens mit der Fabriksirene und endete nach 10 oder 12 Stunden aufreibender Arbeit, ihre Kinder trugen keine feinen Matrosenanzüge oder duftige weiße Kleidchen und gingen barfuß zur Schule. Ihre Vergnügungen waren vielleicht noch der Heurige, und die einzige Musik, die sie hörten, war die der Volkssänger, ansonsten war ihr Leben ein einziger unablässiger Kampf um das Essen des nächsten Tages und den Zins für den nächsten Monat.

Wenn uns heute das Wien der Jahrhundertwende als so strahlend erscheint, wenn es uns als eine derart interessante Zeit in Büchern, Bildern und Zeitungsartikeln entgegentritt, so deshalb, weil die Leute, die den Sinn, die Zeit und das Geld dafür hatten, auch diejenigen waren, die darüber geschrieben und berichtet haben. Sie waren es, die die Bilder eines Klimt oder Makart kaufen konnten, die im Kaffeehaus saßen und sich Möbel der Wiener Werkstätte in ihre Wohnungen stellten. Die anderen, deren Alltag Mühe und Plage und Kampf ums Überleben war, haben so gut wie nichts hinterlassen; es gibt kaum Arbeitskleider in den Museen, und seit Jahren versucht man vergeblich, eine einzige Blechmarke der Wienerberger Ziegelarbeiter aufzutreiben. Zugleich sind sie namenlos geblieben; auf den Photographien, auf denen sie optimistisch zwar, aber dennoch müde in die Welt blicken, stehen keine Namen, da steht nur Vorstadt- oder Straßenszene. Denn Namen in den dicken Alben bekamen nur diejenigen, die dafür bezahlen konnten.

Das elegante Wien war das Wien einiger Zehntausend, das Wien der Photos ist das Wien der restlichen zwei Millionen – man sollte es nicht vergessen, wenn man diese Bilder betrachtet.

DIE FEINE GESELLSCHAFT

Bürgermeister Dr. Karl Lueger beim Arkadenfest im Wiener Rathaus zugunsten der Kinderschutzstationen, 6. bis 7. Juni 1903.

Siegesfeier und Huldigung des Kaiserhauses vor dem Schloß Schönbrunn, anläßlich der Wiedereroberung von Lemberg am 24. Juni 1915.

Kaiser Franz Joseph bei der Grundsteinlegung des Technischen Museums 1909. Das Bauwerk, errichtet nach den Plänen des städtischen Baurates Hans Schneider, wurde erst am 6. Mai 1918 eröffnet.

Kaiser Franz Joseph bei der Eröffnung der 1. Internationalen Jagdausstellung in Wien, 1910.

Kaiser Franz Joseph und König Carol von Rumänien in Laxenburg, 1896.

Spalier der Wiener Bevölkerung an der Ringstraße vor der Oper anläßlich des Besuches Kaiser Wilhelms II. am 14. bis 15. April 1896. Wilhelm II. hatte 1888 den deutschen Thron bestiegen und sah seine Aufgabe darin, nach dem Krieg von 1866 Österreich und Deutschland zu einem Bündnis zu vereinigen.

Besuch des abessinischen Kaisers in Wien, 1907.

Einzug Kaiser Wilhelms II. anläßlich seines Staatsbesuches in Wien, 1890.
Im Hintergrund die Halle des Nordbahnhofes.

Damen und Kinder beim Arkadenfest im Wiener Rathaus zugunsten der Kinderschutzstationen, 6. bis 7. Juni 1903. Der Knabe trägt den zu dieser Zeit besonders beliebten Matrosenanzug.

Damenkomitee beim Arkadenfest im Wiener Rathaus zugunsten der Kinderschutzstationen, 6. bis 7. Juni 1903.

Zum Rosennest

Die Einweihung der Wiener Gaswerke in Simmering, 1899. Als der Vertrag der englischen Gasgesellschaft 1899 auslief, übernahm die Stadt Wien die Versorgung der Stadt mit Gas. Möglich wurde die Kommunalisierung der Gaswerke durch eine von Bürgermeister Lueger aufgelegte 60-Millionen-Kronen-Anleihe.

Studenten beim Einsetzen der vom Körnerbund gestifteten Eiche im Park neben der Philadelphiabrücke. Theodor Körner, 1791–1813, deutscher Freiheitsheld der Napoleonischen Kriege, galt besonders den national und großdeutsch eingestellten Studenten als Leitfigur, 1913.

Nächste Doppelseite: Die Einweihung der Franzensbrücke über den Donaukanal, 1889. Die Franzensbrücke wurde 1898–1899 nach Plänen von Pfeuffer und Krauß anstelle der 1848 errichteten Kettenbrücke gebaut.

HER
NEUMANN
BONNETERIE
16

Fronleichnamsprozession am Graben, 1899. Der sogenannte „Stadtumgang" lockte jedes Jahr große Menschenmassen an, für die am Stock-im-Eisen-Platz und bei den Altären Tribünen errichtet wurden. Begleitet von der Trabantenleibgarde schritten die Mitglieder des Kaiserhauses auf einem Brettersteg, der mit Tannenreisig bestreut war.

Nächste Seite: Fronleichnamsprozession auf dem Graben in Wien. Die Dekoration der Soldaten – sie trugen grünes Tannenreisig auf den Tschakos – sowie die Reihenfolge des Zuges unterlagen einem strengen Zeremoniell. Als Begleitung des Kaisers fungierten die Trabantenleibgarde mit Hellebarden, die ungarische Leibgarde, die Leibgardeinfanterie, die berittenen Garden, die Kaiser-Dragoner sowie die Arcieren-Leibgarde, 1884.

DES KAISERS BUNTER ROCK

Ein freier Tag im Prater –
Mädchen mit Dragoner, um 1908.

Militärmusikkapelle im 3. Kaffeehaus im Prater, um 1900.

„Die Banda kommt" – Ausmarsch der Burgmusik, 1880. Die tägliche Wachablöse in der Hofburg, von den Wienern als „Burgmurer" bezeichnet, wurde stets von einer Regimentsmusikkapelle begleitet, hier von den Hoch- und Deutschmeistern Nr. 4.

Wachablöse im Inneren Burghof der Hofburg, um 1900.

*Ein Trupp Bosniaken überquert die Ringstraße am Schottentor.
Im Hintergrund ist das nach dem Ringtheaterbrand 1881–1885 von Friedrich
Frh. von Schmidt errichtete Sühnhaus zu erkennen, 1906.*

Gespräch auf der Ringstraße.
Wachsoldat vor der Franz-Josephs-Kaserne, um 1900.

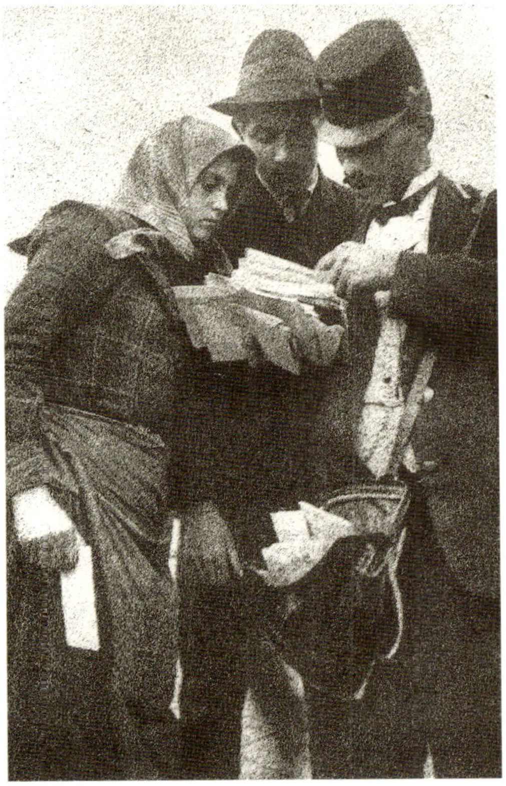

„Haben S' was für mich dabei?" – Briefträger, um 1908.
Zusätzlich zur zweimal täglichen Briefzustellung wird 1875 in Wien eine Rohrpost eingerichtet, die über 10 Stationen und 11,75 Kilometer Leitungen verfügt, wobei die Errichtungskosten 235.000 Kronen betrugen.

Sicherheitswache, auf wienerisch „Wachter" genannt, mit Pickelhaube und Säbel. Die Sicherheitswache wurde 1869 geschaffen und löste in Wien die seit 1848 tätige Militärpolizeiwache ab.

sowie jede
strengstens
verboten
PARIS

Exerzierende Soldaten und Zuseher vor der 1854–1857 auf der Dominikanerbastei erbauten Franz-Josephs-Kaserne. Diese Infanteriekaserne, als Gegenstück zur Rossauerkaserne erbaut, wurde 1898 abgerissen, an ihrer Stelle steht heute die von Otto Wagner erbaute Postsparkasse, um 1860.

1019
1019.

„Wiener Edelknab beim Heurigen". Als „Wiener Edelknaben" wurden die Soldaten des k.u.k. Infanterieregiments Nr. 4 Hoch- und Deutschmeister bezeichnet.

Ausmarsch der Burgwache nach der Wachablösung auf dem Michaelerplatz, um 1900.

Ausmarsch der Hoch- und Deutschmeister, um 1880.

SPAZIERGÄNGE DURCH WIEN

Spaziergänger am Graben.

Straßenszene am Gürtel vor dem Bahnhof der Kaiserin-Elisabeth-Westbahn (Westbahnhof). Die Bahnlinie wurde 1856 konzessioniert und 1860 eröffnet, der Kopfbahnhof wurde nach den Plänen von Moritz Löhr 1859 fertiggestellt.

SOLIDE MÖBEL
OPPENHEIM
STADTBAHN
BAUSTELLE
WESTBAHNHOF

Spaziergänger am Graben.

Spaziergänger am Graben. Der Graben war die wichtigste „Flanierstraße“ in Wien und zugleich die feinste Geschäftsadresse; des Nachts hatten hier die „Grabennymphen“ ihr Revier.

Spaziergänger auf dem Michaelerplatz, um 1900.

„Grabennymphe" (Prostituierte vom Graben), um 1900.

Straßenszene am Gürtel vor der Kaiserin-Elisabeth-Westbahn. Rechts eine der von Otto Wagner entworfenen Stadtbahnstationen. Der Bau der Stadtbahn fällt nach Vorplanungen, die bis in das Jahr 1851 zurückreichen, in die Jahre 1895–1902; die Züge wurden mit Dampf betrieben.

SOLIDE MÖBEL

Straßenszene vor dem Reichsratsgebäude (Parlament) am Franzensring.

GRUPPENBILDER

Das Schrammel-Quartett. Die Brüder Johann und Josef Schrammel traten seit 1878 mit dem Gitarristen Anton Strohmayer als Terzett auf, später machte der Klarinettist Georg Dänzer mit seinem „picksüßen Hölzl" das Quartett voll. Links – mit Zylinder – steht der Fiaker Bratfisch, Sänger und Leibkutscher Kronprinz Rudolfs.

Damenkapelle im Restaurant Eisvogel im Prater.

WALZER
Gustav Richter

Beamte der Gemeinde Wien in Uniform, 1905. Die Uniformierung der Beamten wurde von Kaiser Franz I. eingeführt, 1889 wurden die Bestimmungen über die Uniformierung reformiert und die Beamten zum Tragen des „Amtskappels“ verpflichtet.

Beamte des Magistrates der Stadt Wien im Versorgungshaus Lainz in ihren neuen Uniformen, 1905.

Beamte der Wiener Gaswerke, 1914. Bereits 1844 errichtete eine englische Gesellschaft ein Gasröhrennetz in Wien, ein Monopol, das bis 1899 bestehen blieb; in diesem Jahr übernahm der Magistrat die Versorgung der Stadt mit Leuchtgas.

Arbeiter beim Bau einer Gasleitung in Wien, 1897.

Fratschlerinnen (Obstverkäuferinnen) am Naschmarkt, um 1910. Der Naschmarkt besteht seit 1774 an seinem Platz, erlangt aber erst ab 1819 seine Bedeutung als „Bauch von Wien“. Die sehr gesuchten Verkaufsstände waren oft generationenlang im Besitz von einzelnen Familien und wurden teuer gehandelt.

*Fiaker und Wasserer vor dem Hotel Imperial, 1900.
Ursprünglich 1863 bis 1865 nach Plänen von Arnold Zanetti und
Heinrich Adam als Palais für Herzog Philipp von Württemberg erbaut,
wurde das Gebäude 1872 bis 1873 in ein Hotel umgewandelt.*

*Auf Kundschaft wartende Fiakerkutscher vor dem
Michaelertrakt der Hofburg. Im Hintergrund der von Rudolf Weyr
geschaffene, 1895 enthüllte Monumentalbrunnen
„Österreichs Macht zur See“.*

Wohnzimmer einer bürgerlichen Familie im Heinrichshof um 1906. Am Tisch in der Mitte sitzen der Hausherr, seine Gattin und eines der Kinder, links steht ein böhmisches Kindermädchen mit einem Kleinkind, rechts stehen Stubenmädchen und Köchin.

Künstlerrunde, um 1858.

DIE KLEINEN LEUTE

Schwerathlet vom Stemmerverein Erdberg.

*Blumenverkäuferin am „Sirk-Eck" vor der Oper, um 1880.
Die Strecke vom Sirk-Eck bis zum Schwarzenbergplatz war der beliebteste Corso Wiens, hier pflegte man zwischen zwölf Uhr mittags und zwei Uhr nachmittags spazierenzugehen, man führte das neueste Kleid aus, und hier wurde auch „angebandelt".*

Kindermädchen mit Kleinkind im Rathauspark, im Hintergrund die Wiener Universität, um 1900. Zahlreiche Mädchen vom Land verdingten sich in Wien als Dienstpersonal. Ihre schlechte soziale Lage führte zur Einführung von Gesindeordnungen und zur Schaffung eines sozialen Netzes für alte, kranke und arbeitslose Dienstboten.

Lavendelverkäuferin. Mit ihrem typischen Ruf „An Lavendl, kaufts an Lavendl / Zwaa Kreuzer a Büschl Lavendl / An Lavendl" gehörten die meist älteren Frauen zu den bekannten Altwiener Figuren.

Straßenmusikanten, um 1880.

Spielzeugverkäufer, um 1900.
Lumpensammlerin, um 1900.

Wiener Volkstypen – Bettelmusikant, um 1900.
Bänkel-, Moritatensänger und Hofmusikanten treten in Wien seit dem 18. Jahrhundert vermehrt auf und spielen in den Straßen, Höfen und Gaststätten gegen milde Gaben.

Hausierer mit Schwefelhölzern und Schuhwichse, um 1900.

Wiener Volkstypen – Prostituierte.

Sicherheitswache, um 1900.
Hundeverkäufer am Graben, um 1900 – ein Wiener Kollege des Prager Schweijks.

Der gefürchtete Vertreter des Hausherrn (der Hausmeister), um 1900.
Stubenmädchen, um 1900.

Dienstmann, 1900. „Das Erste Wiener Dienstmanninstitut“ wurde 1866 von Dr. Folkmann gegründet, andere Institute, wie „Expreß“, „Wiener Dienstmänner“ und „Stadtträger“, folgten bald.

Fiakerkutscher, 1900. Fiaker waren als zweispännige Lohnwagen seit 1670 in Wien zugelassen, hatten eine weiße Nummer zu tragen und an fixen Standplätzen auf Kunden zu warten, wobei ihnen fixe Taxen vorgeschrieben waren, die freilich selten eingehalten wurden.

Briefträger,
um 1900.

Stubenmädchen,
um 1900.

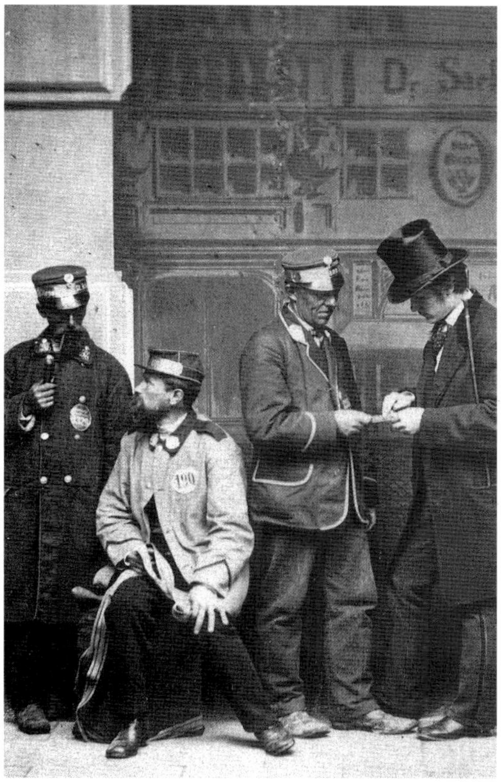

Dienstmänner,
um 1900.

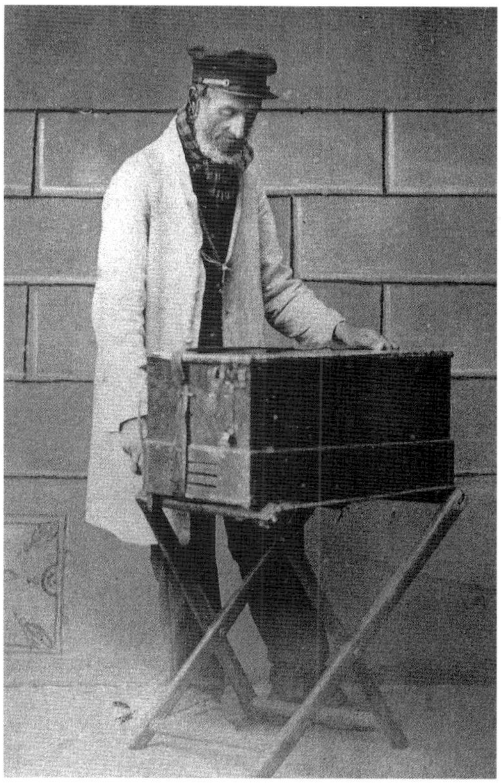

Werkelmann,
um 1900.

„Rastelbinder", um 1900. Die Angehörigen dieses Wandergewerbes zogen mit ihren transportablen Ständen von Haus zu Haus und verstanden sich auf das Flicken von Töpfen und Pfannen.

Frauen beim Abliefern der Abfälle an den Mistbauern, um 1900.

Schlosserjunge,
um 1900.

Schusterbub,
um 1900.

Stiefelputzer,
um 1900.

Lumpensammlerin,
um 1900.

*Wiener Volkstypen – Der Anspanner (Einspänner).
Das Transportgewerbe stellte eine große Zahl spezialisierter Arbeitsplätze zur Verfügung. An der Spitze stand der Kutscher, darunter folgten Wasserer (Wasserträger für die Pferde), Wagenwäscher und Einspänner.*

„A harbe Godl vom Naschmarkt" – Obstverkäuferin.

Hendlkramerin (Geflügelhändlerin), um 1900.

Hendlkramer (Geflügelhändler), um 1900.

Banlstierer (Knochensammler), um 1900.

Die Hutsch'n im Prater. Arbeitsplatz des Hutsch'nschleuderers, um 1900.

Lumpensammlerin

Wiener Volkstypen – Milchmädchen.

Orangenverkäufer,
um 1900.

„Handeljud“ (jüdischer Hausierer),
um 1900.

Pfannenflicker,
um 1900.

Werkelmann, um 1900. Anfangs trugen die „Leiermänner“ nur kleine Orgelkästen umgehängt, ab 1840 wurde es notwendig, die verbesserten und vergrößerten Walzenwerke auf kleinen Wägelchen mit Rädern zu befestigen.

*Maroniverkäufer auf der Elisabethbrücke am Karlsplatz.
Die Brücke überspannte den Wienfluß zwischen Kärntnerstraße und
Wiedner Hauptstraße. 1854 gebaut, verlor sie durch die
Einwölbung des Wienflusses 1897 ihre Funktion und wurde
abgetragen, die Marmorstandbilder kamen auf den Stephansplatz.*

Juden am Michaelerplatz vor dem Portal der Michaelerkirche, um 1880.

Jude im Kaftan am Franz-Josephs-Kai, um 1880.
Auf der gegenüberliegenden Seite des Donaukanals im Bereich Leopoldstadt lebte traditionellerweise die Mehrzahl der etwa 20.000 um diese Zeit in Wien ansässigen Juden.

DIE KINDER VON WIEN

Schulklasse. Zahlreiche Kinder tragen keine Schuhe, ein Mädchen hat sogar ein Geschwisterkind in die Schule mitgebracht.

Spielplatz des Kriegskinderhortes Mariahilf. Rechts die Feuerwehrstation Mariahilf, im Hintergrund die von Otto Wagner gebaute Stadtbahnbrücke über den Wienfluß, um 1915.

Schusterbub, 1900. Die Schusterlehrlinge standen bei den Schustermeistern in Kost und Wohnung und gehörten durch ihren volkstümlichen Witz und ihre ständigen Fehden mit den Fratschlerinnen (Obstverkäuferinnen) zu den volkstümlichen Wiener Figuren.

„Brotschani" (Brotverkäufer) im Prater, um 1908.

Premiere beim Wurstel – Kinder im Prater, um 1908. Der Wurstel im Prater ist die letzte Erinnerung an den Wiener Hanswurst, einer aus Italien stammenden Komödienfigur, die der Schauspieler Josef Anton Stranitzky 1711 nach Wien gebracht hatte.

Kindergarten im Polizeiwohngebäude Herbststraße, 1913.

*Spielende Kinder am Linienwall vor der St. Marxer Linie.
Als Verteidigungswall gegen die Kuruzzen 1704 erbaut,
umgab der Linienwall die Stadt in einem Halbkreis von St. Marx bis
Lichtental. Am Linienwall waren die Mautämter zur
Einhebung der Verzehrsteuer untergebracht, bis er 1893
der Gemeinde übergeben wurde.*

Kinder beim Schnurspringen im Kriegskinderhort Mariahilf. Während des 1. Weltkrieges war es notwendig, Kinder in vermehrtem Ausmaß unter Aufsicht zu stellen und zu beschäftigen, da die Väter an der Front und die Mütter in den Produktionsprozeß eingegliedert waren, um 1915.

„Die Zöglinge bei der erzieherischen Knabenhandarbeit“ im 1888 gegründeten 1. Wiener Kinderhort.

Dritte Klasse einer Knaben-Volksschule in Wien, um 1913.

*Klassenzimmer einer Mädchenvolksschule in Wien, um 1900.
Das Schulwesen in Wien galt als unzureichend. Reformen wurden
von Bürgermeister Lueger verhindert, der 1897 fünf sozialistische
Junglehrer – darunter den späteren Schulreformer der Ersten Republik
Otto Glöckel – wegen ihrer sozialdemokratischen Einstellung
und ihrer Forderung nach Reformen entließ.*

Kinder beim Kasperl im Prater, Praterszene, um 1904.

„Kinder, suchts euch was aus", Praterszene, um 1904.

Graf Nikolaus Dumba (1821–1900) bei einem Wohltätigkeitsfest. Dumba war aber nicht nur durch seine Wohltätigkeit bekannt, sein Reichtum ermöglichte ihm auch die Förderung von Künstlern wie Hans Makart und Gustav Klimt, die für ihn eines der schönsten Ringstraßenpalais (Parkring 4) gestalteten.

HEINRICH VOIG

Spaziergänger im Park des Palais Schwarzenberg.

DES WIENERS LUST UND FREUDE

Vergnügen im Prater – Hau den Lukas, um 1880.

Der Platz Am Hof, um 1870, war Ausgangspunkt für zahlreiche Pferdewagenlinien und Stellwagen, welche die Vororte der Stadt mit dem Zentrum verbanden.

K.K. PRIV.
RUTSCHBAHN
CARL PRETSCHER
RUTSCHBAHN
CASSA
NEU!
5

Straßenszene im Volksprater.

Fahrender Schausteller mit „Riesenteleskop" im Volksprater, 1894.

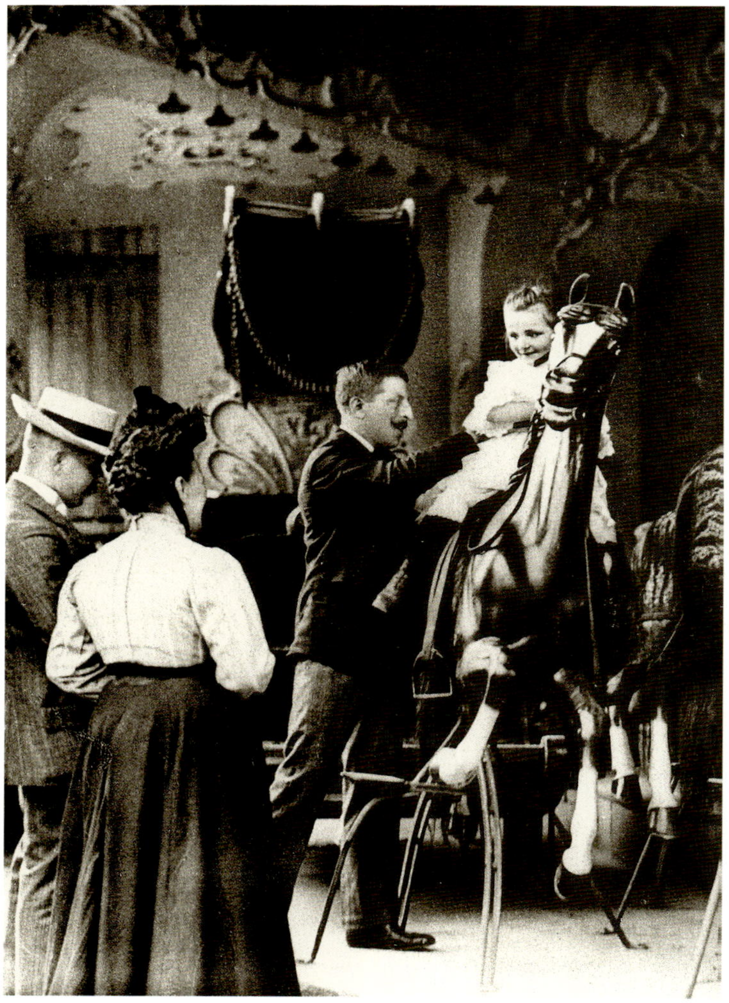

Vergnügen im Wiener Prater – Das Ringelspiel, um 1880.

Praterszene – Die Ausgeschlossenen, um 1900.

Badende im Strandbad Gänsehäufel, um 1910.

Gäste im Strandbad Gänsehäufe!, um 1910. Nach der Entdeckung des Gänsehäufels als Badeplatz durch den Naturapostel Florian Berndl baute die Gemeinde Wien 1907 das Gänsehäufel mit 350.000 Kronen zu einem luxuriösen Strandbad aus.

Eislaufende Kinder am Wienfluß unterhalb der Stubenbrücke. Hier war ein kleines Stauwehr in den Wienfluß eingebaut, der Staubereich wurde im Winter als Eislaufplatz genutzt, vor 1891.

Eisläufer am Eislaufplatz des seit 1867 bestehenden Wiener Eislaufvereines am Heumarkt. Die Bauten wurden von 1900 bis 1902 von P. Kortz und Ludwig Baumann errichtet.

Spaziergänger im Stadtpark. Der Stadtpark entstand 1862 auf dem Gelände des ehemaligen Wasserglacis nach Plänen von Josef Selleny und Rudolf Siebeck in Form eines englischen Landschaftsgartens.

Renntag in der Freudenau. Nach der Gründung des österreichischen Jockeyklubs im Jahre 1868 wurde der mit Bauten von Anton und Josef Drexler ausgestattete Rennplatz für die jährlichen Pferderennen genutzt.

Spaziergänger im Volksgarten. 1821–1823 angelegt und nach dem Auffüllen der Stadtgräben 1862 wesentlich erweitert, war der rund um den Theseustempel gruppierte Garten einer der beliebtesten Parks von Wien, nicht zuletzt durch das in ihm befindliche Kaffeehaus und die Konzerte von Strauß und Lanner.

Junge Liebe im Prater, um 1908.

Junge Rekruten besuchen nach der Assentierung (Musterung) den Prater, daneben Mädchen in slowakischer Tracht. In Wien lebten um 1900 etwa 60.000 Personen, die Tschechisch als ihre Muttersprache angaben; die Tschechen bildeten damit das größte Zuwandererkontingent in Wien.

„Salamutschi-duri-duri" – Salamiverkäufer im Prater, um 1908.

Beim Ringelspiel im Prater, um 1908.

„Eine Watschn – 6 Heller". Der Watschenmann im Prater, um 1908.

„Dieser Mann bricht Ketten, Ehen . . ."
Schwerathlet im Prater, um 1908.

Besucher vor dem Elephantenkäfig des Tierparkes Schönbrunn.

Der Christkindlmarkt Am Hof, 1917.
Der Christkindlmarkt ist der letzte Rest des mittelalterlichen Jahrmarktes in Wien.
Ab 1772 befand er sich auf der Freyung. 1842 wurde er auf den Platz
Am Hof verlegt, wo er bis 1918 blieb.

BEIM HEURIGEN UND IM KAFFEEHAUS

Im Kaffeehaus, um 1900.

Gaststätte in „Venedig in Wien" im Prater, 1898. Venedig in Wien wurde 1895 von Gabor Steiner gegründet und war mit seiner Nachbildung des Markusplatzes in Venedig, mit seinen Gondeln und Kanälen und seinen zahlreichen Gaststätten einer der beliebtesten Teile des Volkspraters.

ndörfer Weinstub

Gastgarten des Cafés Niebauer, 1897.

Innenraum des Cafés Niebauer mit dem für die Wiener Kaffeehäuser typischen Platz der Sitzkassierin, 1897.

Gastraum des Vergnügungsetablissements „Olymp" in der Glockengasse in der Leopoldstadt.

Suppen- und Teeanstalt in der Reinprechtsdorferstraße 70, um 1900.
Wohltätigkeitsanstalten wie diese waren durch private Stiftungen finanziert
und sollten die kommunale Fürsorge unterstützen.

Das Künstlerzimmer im Café Dobner, 1905. Das Café Dobner, in unmittelbarer Nähe des Theaters an der Wien gelegen, war ein beliebter Künstlertreffpunkt. Es verfügte über 4 Hauptzimmer, 2 Billardsalons, ein Lese- und ein Spielzimmer.

Das Billardzimmer im Café Dobner, 1905.
In der Mitte hinter dem Billard ist Alexander Girardi zu erkennen.

&SÖHNE

Die Zahnradbahn auf den Kahlenberg.

Sonntagsspaziergang auf den Kahlenberg.
1871–1872 ließ die Kahlenberggesellschaft auf dem Kahlenberg ein Hotel errichten, 1874 baute sie eine Zahnradbahn von Nußdorf auf den Kahlenberg und erschloß ihn damit als beliebtes Erholungsgebiet.

UNTERWEGS IN WIEN

Straßenbahnwagen, von den Wienern als „Hupferl" bezeichnet, auf der Lastenstraße, nahe dem Naturhistorischen Museum, 1903. Die Straßenbahnen entstanden aus den 1899 kommunalisierten Pferdetramwaygesellschaften. Als 1903 die Elektrifizierung abgeschlossen war, gab es 125 Streckenkilometer, auf denen 1471 Triebwagen und Anhänger verkehrten.

Pferdetramway, 1895.

Pferdetramway, um 1885. Die Pferdetramway, ursprünglich aus privaten Mitteln erbaut, wurde 1865 mit der Linie Schottentor-Dornbach eröffnet. Die „Wiener Tramway-Gesellschaft A.G." betrieb zahlreiche Linien in Wien bis 1903, als die 1894 begonnene Elektrifizierung zum Abschluß gebracht wurde.

Nächste Doppelseite: Der letzte Wagen der Pferdetramway auf der Linie von Neulerchenfeld nach Ottakring am 23. März 1903.

Ottakring
Hut-Fabriks-Niederlage
GROSSES LAGER
SPECIALITÄT
SCHÖNBAUER
WETTERFESTE LODENHÜTE
XVI. Neulerchenfelderstr. 3
MAUCZKA
RECONVALESCENTE
Othello-Wichse
ist die
BESTE

Kaiser Franz Joseph besucht das Flugfeld Aspern anläßlich einer Flugvorführung Blériots. Louis Blériot hatte als erster Mensch im Jahre 1909 den Ärmelkanal in einem selbst gebauten Flugzeug überquert; danach besuchte er zahlreiche europäische Hauptstädte, um seinen Flugapparat vorzuführen, 23. Oktober 1909.

Luftschiff bei der Erprobung vor dem Arsenal, 1910. Luftschiffe dieser Art wurden besonders bei der Artilleriebeobachtung eingesetzt und seit 1914 in der k.k. Armee verwendet.

Mistbauer am Karmeliterplatz, 1911.

Mistbauer, um 1912. Der Mistbauer war vor der Einführung der kommunalen Müllabfuhr 1914 für die geordnete Müllentsorgung in der Stadt zuständig.

Cabskutscher in Wien-Brigittenau vor der St.-Brigitta-Kapelle, um 1914. Das Cab, 1834 in England erfunden und seit 1852 in Wien eingeführt, wurde vor allem zum Materialtransport benutzt. Legendär und sprichwörtlich war die Grobheit der Cabskutscher in Wien.

Im „Tierrestaurant“ am Hernalser Gürtel, 1912. Um die Pferde der Fiaker und Kutscher kümmerten sich in Wien die „Wasserer“, denen bestimmte Standplätze zugewiesen waren.

Fuhrwerk in der Johannesgasse in Wien-Fünfhaus, neben dem Wagen ein einbeiniger Invalide mit Stelzfuß.

DERWASSERER
FREUNDEUMBROT
ABFALL FÜR
PFERDE
AUTO
WASSER

Fuhrwerk am Karlsplatz vor der Karlskirche, um 1900.

Die noble Equipage – eigentlich ein geschlossener Landauer – am Stock-im-Eisen-Platz vor der Stephanskirche, um 1914.

Ambulanzwagen der „Wiener Freiwilligen Rettungsgesellschaft". Die Gesellschaft wurde 1881 nach dem Ringtheaterbrand von Graf Wilczek, Graf Lamezan und J. Mundy als Sanitätsstation gegründet und war der Beginn des organisierten Rettungsbetriebs und Krankentransports in Wien.

Mannschaftswagen der Feuerwehr, um 1880.

Der erste Autobus der Simmeringer Waggonfabrik, 1909.

Kopfbahnhof der Kaiserin-Elisabeth-Westbahn, 1896.

VON DEN MÜHEN DES ALLTAGS

Plakatierer vor einer Litfaßsäule.
Die von Ernst Litfaß 1854 in Berlin erstmals aufgestellten Werbeträger bestimmten in ihrer wienerischen Form, mit Giebel und Wiener Wappen, besonders das Straßenbild auf der Ringstraße.
Die Aufnahme entstand Ecke Parkring-Dr.-Karl-Lueger-Platz, im Hintergrund die Dominikanerkirche.

Bauarbeiter mit Cabs bei der Mittagspause auf der Ringstraße. Im Hintergrund der Metallzaun um den Volksgarten, der den Hofburgbezirk im Falle von Unruhen schützen sollte, um 1880.

Schneeschaufler, um 1880.

Wasserwagen der Gemeinde Wien, 1880.

Schlauchwagen der Gemeinde Wien, 1880. Da durch die große Zahl der Pferde im öffentlichen Verkehr die Straßen ständig stark verschmutzt waren, fiel der Straßenreinigung ein wichtiges Aufgabengebiet zu.

Ungarische Rinder werden an der St. Marxer Linie vorbei durch Simmering getrieben. Ziel der Rinder war der 1846 begonnene und 1848 fertiggestellte Schlachthof von St. Marx, welcher 1851 den Betrieb aufnahm und in der Folge zum Zentralviehmarkt von Wien ausgebaut wurde.

Zimmerleute mit dem neugebauten Turmdachstuhl der Pfarrkirche St. Joseph in der Schönbrunnerstraße.

Schlachter und Amtstierärzte im Schweineschlachthof auf der Landstraße (Baumgasse).

Krauthändler am Naschmarkt, 1910.

EREIGNISSE

Junge Löwen im Tiergarten Schönbrunn mit der Familie des Wärters.

Nationalitäten Gruppe:
Tiroler Schützenbanner.

*Tiroler Schützen im Historischen Festzug über die Ringstraße, 1908.
Der Festzug fand zum sechzigjährigen Regierungsjubiläum Kaiser Franz Josephs statt
und zeigte in zahlreichen Gruppen und lebenden Bildern
Szenen aus der Geschichte des Hauses Habsburg.*

*Fürstin Pauline Metternich beim Blumencorso im Prater, 1886.
Der Blumencorso auf der Praterhauptallee war durch die Initiative der Fürstin
zustandegekommen, die als Nichte des Staatskanzlers Metternich gesellschaftlich
eine der führenden Damen Wiens und durch ihre Wohltätigkeit auch
unter der einfachen Bevölkerung sehr populär war.*

Teuerungsrevolte in Wien, 1911. Ein Regiment Ulanen geht vor dem Reichsratsgebäude (Parlament) in Bereitschaft.

Teuerungsrevolte in Wien, 1911. Die demonstrierende Menge vor dem Rathaus. Die Revolte wandte sich gegen die Erhöhung der Lebensmittelpreise; bei den Ausschreitungen gab es durch den rücksichtslosen Militäreinsatz in Ottakring mehrere Tote.

Arbeiter der Donauregulierungskommission versuchen am Schneidergrund (unterhalb der Einmündung des Donaukanals in die Donau) den Eisstoß vom 20. Jänner 1880 zu beseitigen.

Notbrücke bei der Kettenbrücke während der Überschwemmung des Wienflusses, 1897. Der Wienfluß war durch seine plötzlich auftretenden Überschwemmungen stets ein Problem für Wien, das erst zwischen 1896–1903 durch seine Regulierung und teilweise Überwölbung gelöst wurde.

Feuerwehr bei der Bekämpfung eines Dachfeuers im Domherrenhof am Stephansplatz am 14. Juli 1907. 1862 wurde die seit 1818 bestehende Berufsfeuerwehr in Wien in Brandbezirke aufgeteilt. Seit 1884 war sie militärisch organisiert und einem städtischen Branddirektor unterstellt.

Allerheiligenverkehr vor dem Zentralfriedhof. Der mehr als zwei Quadratkilometer große Zentralfriedhof wurde 1874 eröffnet und zunächst von den Wienern abgelehnt; erst mit der Verbesserung der Verkehrsanbindung durch die Straßenbahn wurde eine allgemeine Akzeptanz erreicht, 1904.

RENNWEG RING
FRIEDHOF
LANDSTRASSE
BRANK
CAFE

Begräbniszug Dr. Karl Luegers auf dem Rathausplatz, 1910.
Lueger war von 1897 bis 1910 Bürgermeister von Wien. In seine Ära fallen die Kommunalisierungen der Stadtwerke, die Wienflußregulierung, der Bau der 2. Hochquellenleitung und der Stadtbahn. Bei seinem Begräbnis säumten 200.000 Wiener die Straßen.

LITERATUR ZUM THEMA

Anatols Jahre. Beispiele aus der Zeit der Jahrhundertwende: Katalog zur 71. Sonderausstellung des Historischen Museums der Stadt Wien 1982

Kunst in Wien um 1900. Katalog zu einer Ausstellung des Bundesministeriums für Auswärtige Angelegenheiten, Wien 1986

Traum und Wirklichkeit – Wien 1870–1930. Katalog der 93. Sonderausstellung des Historischen Museums der Stadt Wien, Wien 1985

Das Wiener Kaffeehaus. Katalog zur 66. Sonderausstellung des Historischen Museums der Stadt Wien, Wien 1980

Rudolf Holzer, Wiener Volkshumor, Wien 1943

Lied und Volksmusik in Wien, Katalog zur 25. Sonderausstellung des Historischen Museums der Stadt Wien, Wien 1968

Richard Groner, Wien wie es war, Wien 1965

Hellmut Andics, Luegerzeit – Das schwarze Wien bis 1918, Wien–München 1984

Franz Kreuzer, Was wir ersehnen aus der Zukunft Fernen. Der Ursprung der österreichischen Arbeiterbewegung. Das Zeitalter Victor Adlers, Wien 1988

Die Chronik Wiens. Die Weltstadt von ihren Anfängen bis heute. Wien 1988